Clara Journot

Im Grünen Haus

Roman

Bibliografische Information der Deutschen Nationalbibliothek:
Die Deutsche Nationalbibliothek verzeichnet diese Publikation in
der Deutschen Nationalbibliografie; detaillierte bibliografische
Daten sind im Internet über http://dnb.dnb.de abrufbar.

TWENTYSIX – Der Self-Publishing-Verlag
Eine Kooperation zwischen der Verlagsgruppe Random House
und BoD – Books on Demand

Herstellung und Verlag:
BoD – Books on Demand, Norderstedt

ISBN: 978-3-7407-6694-8

Winter

Florian und Claudia

Ich bin Fotograf. Ich sehe die Welt in Bildern, betrachte sie in Schnappschüssen, in ausschnitthaften Darstellungen der Realität. Ich liebe Kontraste. Weiß und schwarz, hell und dunkel, dazwischen gibt es für mich nichts, keine Grauabstufungen, keine Zwischentöne. Diese beiden gegensätzlichen Grundzustände, die alles absorbieren, alles verschlucken, das Licht und die Farben, geben mir Sicherheit. Ich kann die Welt und die Dinge darin einordnen, verstehen.

Auch meine Kleidung ist komplett schwarz und weiß, Sweatshirt, T-Shirt, Jeans und Socken, schwarz, die Turnschuhe weiß. Ich habe sogar überlegt, die Haare schwarz zu färben, habe mich aber dagegen entschieden, weil die gängigen Haartönungsmittel extrem allergiegefährdend und schädlich sind. Aber wenn ich meine braunen Haare genügend stark mit Gel einschmiere, glänzen sie dunkel und bedecken meinen Kopf schützend wie einen Helm. Ich muss daran denken, Claudia, wie du mich als Comic-Figur bezeichnet hast, weil meine Haare so kräftig sind, dass die langen Ponyfransen fast schirmartig nach vorne abstehen. Ich glaube, du meintest Spirou. Aber wenn ich Spirou bin, dann bist du Fantasio. Fragt sich nur, wer das Marsupilami ist …

Weiß und schwarz sind Farbbegriffe, die überall auf der Welt vorkommen. Es sind die ersten Wörter, die die Menschen verwendeten, egal in welcher Sprache sie sich verständigten. Für alle anderen Farben und für die Grauschattierungen gibt es unterschiedliche Bezeichnungen. Aber die Begriffe für weiß und schwarz sind in jeder Sprache gleich.

Mein eigenes Fotoatelier werde ich vollständig in Weiß und Schwarz einrichten. Weiß getünchte Wände, funktionale weiße Schränke und Tische, weiß gestrichene Fensterrahmen und Türen, schwarze Stühle, ein schwarz-weiß-karierter Fußboden, schwarze Kameras und Apparaturen. Die Models werden vor dem hell ausgeleuchteten weißen Wandschirm in meinem Atelier posieren, ich werde sie kaum unterscheiden können, sie sind blond, brünett oder rothaarig und werden im schicken Abendkleid, in lockerer Freizeitbekleidung oder in Dessous für Sekt-, Limo- oder Wodka-Reklame auftreten. Die Motive und Themen variieren nur minimal. Ihre Abbilder, ihre Umrisse, ihre konturierten Formen heben sich scharf von dem weißen Hintergrund ab.

Ich stelle mir die Aussicht vor aus meinem künftigen Atelier, den Blick aus den hohen Industriefenstern, die die gesamte Außenwand der ehemaligen Gewerberäume einnehmen. Sie zeigen immer denselben Bildausschnitt, die Rückseite des Altbaus, in dem wir wohnen und arbeiten werden, den Innenhof mit dem alten

Schuppen, in dem Paul Seidel, der Hausmeister, seine Werkzeuge aufbewahrt und sortiert, die Fläche auf der rechten Seite abgegrenzt von der Mauer zum Nachbargrundstück, links der überdachte Fahrradabstellplatz.

Jedes Mal, wenn ich zwinkere, habe ich ein neues Bild vor Augen. Ein Bild, das scheinbar dieselbe Einstellung zeigt, sich aber kaum wahrnehmbar von dem vorhergehenden unterscheidet. So wie die Einzelaufnahmen der Werbefotos für die Food-Designer, die ich in Martins Atelier mache und die ich am Computer betrachte. Lasse ich die Fotos nacheinander durchlaufen, so ist es genau dieser Effekt: blinzel, klick, blinzel, klick, jedes Mal verändert sich nur eine Nuance des Gesamtbildes, der Gesamtdarstellung, ein Detail wird schwungvoller, eine Komponente wendet sich zur Seite, ein Lebensmittel biegt sich schräger, wirkt angespannter oder verdrehter. Wie in einem Film, der in seine Einzelphasen zerlegt wird.

Dazwischen schiebt sich immer wieder der in sich gekehrte Blick des alten Paul Seidel, die grauen Augen in dem von Sonne und Wind gegerbten Gesicht starr und glanzlos. Der schmale Mund verschlossen. Blinzel, klick.

Du musst mit mir zum Grünen Haus kommen, Claudia, Claude, Claudine, meine Klaue. Martin hat seine Beziehungen spielen lassen. Er kennt Karl Decker, der selbst erst vor kurzem ins Erdgeschoss eingezogen ist und die ehemaligen Praxisräume übernommen hat. Er hat erzählt, die Dachgeschosswohnung stehe seit über einem Jahr leer.

Die Vermieterin des Grünen Hauses heißt Gilla Witt und sie besitzt auch die Apotheke auf der Hauptstraße. Ich habe mich in der Apotheke vorgestellt, nachdem Karl bei ihr vorgesprochen hatte. Das heißt, er hat auch mit Paul Seidel geredet, dem Hausmeister. Und es hat geklappt. Wir haben einen Besichtigungstermin im Grünen Haus!

Ein Glückstreffer für uns, die Miete wird nicht allzu hoch sein, wenn die Eigentümerin selbst vermietet und wenn keine Verwaltungsgesellschaft zwischengeschaltet ist. Ohne Beziehungen kann man hier in der Gegend keine Wohnung finden. Dieses Stadtviertel ist absolut angesagt, die Nachfrage enorm hoch.

Es wird dir gefallen, Claudine. Gemütliche Läden und Cafés, Burger-Restaurants, kleine Boutiquen von Modedesignerinnen, Künstlerateliers und Galerien. Martin wohnt auch in der Nähe, er hat einen kleinen Garten und über den Hinterhof gelangt man in das Fotoatelier. Wohnen und Arbeiten. Hier in Unterbilk gibt es viele solcher Projekte.

Und es ist nicht weit bis zum Hafen. Man kann den Rhein entlang schlendern bis in die Altstadt. Jede Menge Kneipen und angesagte Szene-Bars. Wir werden Spaß haben.

Du bist ein Träumer, Flo. Du sprichst davon, in dem Grünen Haus ein eigenes Atelier einzurichten, aber es ist nur die Dachgeschosswohnung, die frei ist. Die ehemaligen Praxisräume im Erdgeschoss hat vor kurzem Karl gemietet, wie du mir berichtet hast.

Wenn du alles in schwarz-weiß wahrnimmst, so sehe ich als Juristin auch die Grauschattierungen. Es gibt nicht nur weiß und schwarz. Es gibt so vieles dazwischen, das du nicht erkennst, obwohl du es sehen müsstest, weil du ein Fotograf bist. Aber wahrscheinlich ist es so, dass du nur auf diese Weise die vielen Eindrücke, die ungefiltert auf dich einströmen, ausschalten und den Fokus auf das richten kannst, was du wirklich sehen willst. Du musst deine Wahrnehmungen auf die klaren Abgrenzungen reduzieren.

Ich frage mich bloß, warum es ausgerechnet ein Altbau sein soll. Und noch dazu im Dachgeschoss. Ist die Wohnung renoviert? Und weshalb steht sie so lange leer? Unter dem Dach zu wohnen, hat Nachteile: Im Sommer wird es heiß wie in einem Backofen und im Winter friert man, weil es zu kalt wird. Eine Dachgeschosswohnung hat keinen Balkon, keine hohen Wände, keine Stuckdecken und ist schlecht isoliert.

Aber ich schaue sie mir gerne mit dir zusammen an. Wenn ich dich richtig verstanden habe, Florian, haben wir am Samstag einen Besichtigungstermin im Grünen Haus. Ich werde diesmal versuchen, schon am Freitagabend anzureisen. Der Zug kommt um 22.30 Uhr in Düsseldorf an. Dann müsste ich kurz vor 19 Uhr in Freiburg losfahren. Mal sehen, ob ich es schaffe.

Vielleicht werde ich ein paar Tage länger in Düsseldorf bleiben, nicht nur über das Wochenende. Denn ich will endlich die Bewerbungsunterlagen für den Referendardienst einreichen und ich muss mich in mehreren Anwaltskanzleien vorstellen. Da ich meine Studienzeit in Baden-Württemberg verbracht habe und nicht über die nötigen Kontakte verfüge, habe ich es schwerer als andere angehende Rechtsreferendare. Wie du schon sagtest, in dieser Stadt spielen Beziehungen eine wichtige Rolle.

Wenn ich einen festen Nebenjob in einer Kanzlei finde, kann ich dort berufsvorbereitend arbeiten und später auch meine Pflichtstation verbringen, die immerhin zehn Monate dauert, und außerdem noch die Wahlstation von fünf Monaten. Dafür ist es aber von enormer Bedeutung, dass ich eine renommierte Kanzlei finde, die mich nach dem zweiten Examen als Jung-Anwältin übernehmen wird, natürlich mit Aussicht auf spätere Beteiligung.

Was sagst du, ich soll die ganze Sache etwas gelassener angehen? Meine berufliche Zukunft hängt davon ab, Florian.

Mich wundert, dass die Justizbehörden in NRW die Referendare unabhängig davon einstellen, wie ihr Studienabschluss war. Die Leistung spielt also überhaupt keine Rolle. Auch ist es für das Referendariat egal, ob man selbst aus NRW kommt oder nicht und wo man studiert hat. Immerhin kann ich dadurch problemlos wieder von Baden-Württemberg nach NRW wechseln und muss meine Ausbildung nicht im Badener Land fortsetzen. Obwohl ich die Ausflüge in den Schwarzwald und die Abstecher nach Basel vermissen werde.

Ich hoffe bloß, dass sie mich nicht in einen anderen Landgerichtsbezirk schicken, nach Duisburg oder nach Essen. Deshalb ist es schon wichtig, dass es mit der Wohnung klappt. Wenn ich in Düsseldorf wohne, sind meine Chancen auf einen Ausbildungsplatz hier größer.

Im Grunde hätte ich mir damals den Umzug von Münster nach Freiburg sparen können und wir hätten nicht zwei Jahre lang eine Wochenendbeziehung führen müssen. Ich glaubte, die Ausbildung in Baden-Württemberg zählt, neben Bayern, als die am meisten anerkannte, weil sie dort hohe Ansprüche stellen. Nun lese ich im Uni-Ranking, dass die Universität Köln an dritter Stelle steht. Ich hätte also genau so gut auch in NRW bleiben können. Dann wären wir näher beieinander gewesen. Dass du nicht von Essen weg wolltest, konnte und kann ich immer noch sehr gut nachvollziehen. Schließlich ist die Folkwang Hochschule eine berühmte Akademie, wenn nicht gar die beste in Deutschland, in der die Fototechnik, das Bild- und Mediendesign und die Kunst vermittelt werden. Ich weiß, du hast es mir oft genug erklärt.

Nun gut, es bringt nichts zu lamentieren. Ich wünsche mir ebenso wie du, dass wir endlich gemeinsam in derselben Stadt leben können. Ich rechne dir hoch an, dass du dir für den Berufsstart ein Fotoatelier in Düsseldorf ausgesucht hast. Auch wenn dir Food-Fotografie nicht so sehr liegt und du lieber Menschen porträtierst oder künstlerisch tätig bist. Vielleicht kannst du dein Schwarz-weiß-Projekt aber auf andere Weise umsetzen, unabhängig von der Arbeit in Martins Fotostudio.

Und Düsseldorf ist eine tolle Stadt. Aber muss es eine Dachgeschosswohnung in einem Altbau sein?

Von: Flo28@food-camera.com
An: Claw29@email.com
Betreff: Nach der Wohnungsbesichtigung

Ich habe mich gleich in die Wohnung verliebt, liebste Claudine. Weiß gestrichene Wände und Decken, Flur und Küche mit schwarz-weißem Boden ausgelegt und das Badezimmer mit weißen Fliesen gekachelt, die von einem schwarzen Rauten-Muster unterbrochen werden. Lass uns den Mietvertrag unterschreiben und die Entscheidung nicht länger hinauszögern. Du hast völlig recht, das Dachgeschoss wurde offensichtlich erst nachträglich, wahrscheinlich in den 1970er-Jahren, ausgebaut und es unterscheidet sich von den übrigen Stockwerken dadurch, dass die Wände niedriger und nicht mit Stuck verziert sind. Und die in die Dachgauben der schrägen Außenwände eingesetzten Fenster sind nur in einfache Kunststoffrahmen gefasst. Aber wir können die Mansarde neben der eigentlichen Wohnung mitbenutzen und du kannst dir darin ein Arbeitszimmer einrichten, um dort deine Arbeiten für die Rechtsanwaltskanzlei zu erledigen und für das Referendariat zu lernen.

Wie wir gesehen haben, ist die Mansarde leider noch nicht vollständig leer geräumt, aber das könnte ich mit Paul Seidel zusammen erledigen, so wie Gilla Witt es uns bei der Besichtigung vorgeschlagen hat.

Lass uns die Wohnung nehmen und schon am nächsten Wochenende können wir einziehen. Meine kleine Klaue. Auch du konntest dich dem Reiz des Grünen Hauses nicht entziehen. Ich habe es bemerkt, als du kurz zusammengezuckt bist, so als würde dich ein Schauer überlaufen. Überlege nicht länger. Sag zu. Und wir werden abgelegen über den anderen Behausungen thronen, entfernt von ihnen, aber dennoch so, als würden wir selbst dazugehören.

Von: Claw29@email.com
An: Flo28@food-camera.com
Betreff: RE: Nach der Wohnungsbesichtigung

Hi Flo,

es mag seine Vorteile haben, dass die Wohnung von Privat vermietet wird. Ich frage mich aber, ob es hinzunehmen ist, dass die Hauseigentümerin im selben Haus wohnt. Zwar hat sie nicht direkt die Wohnung unter uns, aber auch in der ersten Etage ist sie nahe genug am Dachgeschoss, um mitzubekommen, wann und wie wir das Haus verlassen und was wir sonst so machen. Bei der Wohnungsbesichtigung wirkte sie in ihrem eleganten, aber leicht zerknitterten Hosenanzug etwas schrullig. Wie alt mag sie wohl sein? Ich schätze sie auf Mitte Vierzig. Ein schwieriges Alter bei Frauen, denke ich.

Wie ein Kontroll-Freak erwartete sie uns bereits in der Tür zur Dachgeschosswohnung, erpicht darauf, möglichst schnell den Mietvertrag zu unterschreiben, kaum dass sie die Tür hinter uns geschlossen hatte. Und dann ihre völlig unpassende Bemerkung, »Mit der Zeit gewöhnt man sich an die vielen Stufen«, als wir nur ein wenig kurzatmig die gewundene schmale Treppe erklommen hatten. Ihr schiefes Lächeln dazu und der verwischte Lippenstift, die rotblonden ungebändigten Haarsträhnen, die sie ständig zurück strich, weil sie sich immer wieder aus der großen Klammer am Hinterkopf lösten. Während wir mit unterdrückten Stimmen aufeinander einredeten, ob wir die Wohnung nehmen sollten oder nicht, bemerkte ich aus den Augenwinkeln, wie sie uns von der Tür her beobachtete. Einen seriösen Eindruck machte sie jedenfalls nicht auf mich.

Als ich durch die Räume schritt, in denen wir zukünftig unser gemeinsames Leben verbringen werden, bemerkte ich eine leichte Beklommenheit. Schon als wir die Treppe heraufkamen, war es mir so vorgekommen, als läge über dem Absatz zum Dachgeschoss, von dem aus eine schmale Stiege weiter zum Speicher hinauf führt, ein Schatten, und als ich an der Wohnungstür ankam und Gilla Witt uns begrüßte, spürte ich einen sanften Hauch.

Wie du dich erinnerst, blieb ich abrupt mitten im Wohnzimmer stehen und suchte nach einer vernünftigen Erklärung für mein Unbehagen. Es roch nach Nikotin. »Ich habe die Wohnung gründlich ausgelüftet und dreimal überstreichen lassen«, beeilte sich Gilla zu versichern. »Der Geruch dringt leider immer wieder durch. Am besten, ihr lüftet ausgiebig und stellt Schalen mit ätherischen Ölen auf. Ihr werdet sehen, mit der Zeit wird der Geruch verschwinden.« Ich mag keine durchdringenden Gerüche, auch nicht die von ätherischen Ölen.

Aber schließlich wird, wie meistens bei mir, die Vernunft siegen. Die Wohnung hat zwei geräumige Zimmer, eine Küche und - das ist das Entscheidende - die Mansarde, die vom Treppenhaus über einen separaten Eingang zu erreichen ist und die ich als Arbeitszimmer einrichten kann. Allerdings kann die Mansarde aktuell nicht genutzt werden. Als ich Gilla gegenüber erklärte, dass ich sie mir ansehen und die Raummaße aufnehmen wollte, stöckelte sie eilig hinter mir her, wobei sie geschäftig mit ihrem Schlüsselbund klimperte. «Die Mansarde ist leider noch nicht vollständig leer geräumt.» Nachdem Gilla mit einiger Mühe die Tür geöffnet hatte, erschloss sich uns ein Chaos aus altem Gerümpel und nicht mehr zu gebrauchenden Gegenständen, die schon längst dem Sperrmüll oder einer anderen Verwertung hätten zugeführt werden müssen. Gilla zuckte unmerklich zusammen und merkte an, sie werde Paul Seidel bitten, den Müll zu entsorgen. Er sei leider noch nicht damit fertig geworden.

Ich denke nicht, dass es deine Aufgabe ist, dem Hausmeister dabei zu helfen, Flo. Aber ich merke, dass du allmählich gereizt wirst. Ich möchte dich nicht länger hinhalten. Wir werden sicher eine Lösung finden.

Von: Claw29@email.com
An: Gilla@Apotheke-Witt.de
Betreff: Mansarde im Dachgeschoss

Sehr geehrte Frau Witt,

wir wären grundsätzlich bereit, die Dachgeschosswohnung zu den von Ihnen genannten Konditionen zu mieten, würden aber gerne die dazu gehörige Mansarde mit nutzen wollen. Sie haben mündlich zugesagt, die Mansarde spätestens bis zu unserem Einzug in zwei Wochen frei zu räumen. Wir dürfen Sie höflich bitten, uns dies nochmals schriftlich zu bestätigen und auch tatsächlich dafür Sorge zu tragen, dass die Mansarde bis zu unserem Einzug hergerichtet ist. Außerdem bitten wir Sie, die Fenster-Isolierung in der Wohnung zu überprüfen, da es im Hausflur und im Treppenhaus zieht.

Wir sind damit einverstanden, die Kücheneinrichtung, bestehend aus dem runden Esstisch, vier Stühlen, einem Herd und einem Kühlschrank sowie einfachen

Hänge- und Unterschränken, wie von Ihnen vorgeschlagen, gegen eine geringe Abstandszahlung zu
übernehmen. Diese Möbel hatten Sie vom Vormieter
einbehalten, weil dieser zum Schluss seine Miete nicht
mehr gezahlt hat. Eine Waschmaschine werden wir neu
kaufen und im Badezimmer unterstellen.

Mit besten Grüßen

Von: Gilla@Apotheke-Witt.de
An: Claw29@email.com
Betreff: AW: Mansarde im Dachgeschoss

Liebe Frau Bach,

wie besprochen wird zu Ihrem Einzugstermin die
Dachgeschosswohnung bezugsfertig sein.

Viele Grüße

Von: Flo28@food-camera.com
An: Claw29@email.com
Betreff: RE: Fwd: Mansarde im Dachgeschoss

Liebste Claudine,

ich freue mich, dass du zugesagt hast, mit mir im Grünen Haus zu wohnen. Wir sollten es umbenennen in das Weiße Haus, dann wäre es perfekt.

Bis zu meinem Arbeitsplatz sind es nur 200 Meter und ich kann zwischendurch nach Hause laufen und kochen, brauche nicht mehr Junkfood zu essen. Vielleicht können wir uns ab und zu mittags treffen und gemeinsam Pause machen.

Ich habe schon mit Paul Seidel gesprochen, er sagt, es wäre kein Problem die Wohnung und auch die Mansarde nach unseren Wünschen herzurichten. Wir können Laminat verlegen und die Fenster abdichten.

Paul ist ein kauziger Typ, ein wenig grantig, aber er hat bestimmt einen weichen Kern, zu dem man nur vordringen muss. Das erste Mal traf ich ihn, als ich mich um den Wohnungsbesichtigungs-Termin bemühte. Er hält sich oft im Hinterhof des Grünen Hauses auf. Werkelt dort herum und hält alles schön sauber. Paul lebt schon seit seiner Kindheit im Grünen Haus, kannst du dir das vorstellen? Das Haus gehörte früher Gillas Vater, sie hat es von ihm geerbt. Er war Handwerker und nutzte das Erdgeschoss und den Hinterhof für seine Werkstatt. Nach seinem Tod wandelten sie die Gewerberäume im Erdgeschoss in Therapieräume um, richteten dort eine Massagepraxis ein. Vor kurzem hat Karl Decker die Räume im Erdgeschoss übernommen. Er bietet dort irgendwelche Selbsterfahrungskurse zur Persönlichkeitsbildung an. Schade eigentlich. Die Räumlichkeiten hätten auch gut für mein Schwarz-weiß-Vorhaben gepasst. Ich könnte dort ein Fotoatelier einrichten. Aber was nicht ist, kann noch was werden. Hauptsache, wir haben zunächst die Dachgeschoss-wohnung für uns.

Von: Claw29@email.com
An: Flo28@food-camera.com
Betreff: RE: Nach der Wohnungsbesichtigung

Es geht alles so schnell, Florian. Der Umzugswagen kommt morgen früh. Alle anderen Sachen werde ich in Koffer packen und mit dem Zug transportieren, wenn ich ein letztes Mal die Strecke Freiburg – Düsseldorf fahre. Ich hoffe, es läuft alles nach Plan und du bist am Grünen Haus, wenn meine Möbel eintreffen.

Ich habe heute auch die Zusage vom Oberlandesge-richt Düsseldorf bekommen. Ich kann im März meinen Referendardienst beginnen. Die Zwischenzeit werde ich überbrücken, indem ich schon in der Kanzlei Dr. Rost und van der Beeck arbeiten werde. Ich bin mei-nem Rechtsanwalt Schäfer in Freiburg so dankbar, dass er mir ein ausgezeichnetes Empfehlungsschreiben mitgegeben hat, das mir geholfen hat, in Düsseldorf eine geeignete Anstellung zu finden.

Wir sehen uns morgen. Ich werde am späten Abend eintreffen und hoffe, die Möbel werden dann schon an ihrem vorgesehenen Platz stehen.

Paul

Paul schippt Schnee. Sein Gesicht ist fast so grau wie die Februarluft. Er ist in diesem Winter gealtert, noch mehr als in den Jahren zuvor.

Er ist schon lange wach. Nicht nur, weil er wieder Schnee schippen musste, sondern weil er schon früh am Morgen hörte, wie Gilla das Haus verließ, und als er in der Küche saß und seine erste Tasse Kaffee trank, war die junge Studentin die Treppe herunter gerannt, das stapfende helle Klacken ihrer Stiefelabsätze ließ seine Wohnungstür erbeben. Immer haben sie es eilig. Nie können sie langsam und leise die Treppe hinuntergehen. So als könnten sie es nicht abwarten, das Haus möglichst schnell zu verlassen.

Das Schnee Schippen erschöpft ihn. Aber vielleicht liegt es auch nur an diesem nicht enden wollenden Winter, der ihn müde macht und matt, ihn auslaugt und die Hoffnung auf das wieder erwachende Leben dämpft. Als Weihnachten vorüber war und er beim Anblick des leuchtenden Feuerwerks, das wie jedes Jahr in der Straße entflammte, das neue Jahr begrüßte, freute er sich darauf, dass die Tage wieder länger werden würden, und er fing an, Pläne zu schmieden, sehnte erwartungsvoll das Ende des Monats herbei, fühlte sich unternehmungslustig, wollte wandern gehen und kleine Reisen machen. Nun ist es schon Mitte Februar und noch immer liegt Schnee, ist die Luft kalt und diesig, kaum einmal steigt der Hochnebel auf und lässt das Sonnenlicht durch. Die alten, noch von Gas betriebenen Straßenlaternen, für deren Erhalt sich der Heimatverein einsetzt, sind eingeschaltet, obwohl es schon fast Vormittag ist.

Die windschiefen Stufen knarzten verächtlich bei jedem Schritt, den Paul sich nach dem kurzen Frühstück hinunter schleppte, die linke Hand umfasste den abgegriffenen roten Treppenlauf. Dem Haus waren seine Fußtritte wohlvertraut. Es ließ Paul den Vortritt, ertrug seinen schwerfälligen Gang, Etage für Etage an den Wohnungstüren mit den farbigen Glaseinsätzen in den Holzfassungen entlang, bis er schließlich das Erdgeschoss erreichte, an dem Eingang zu Karls Seminarräumen vorbeiging, der durch eine moderne weiße Kunststofftür verschlossen war, und weiter zu der auf der Rückseite des Hauses gelegenen Tür zum Hof.

Schlaftrunken steckte Paul den Schlüssel in die Hoftür und stellte fest, dass sie nicht verschlossen war. Jemand hatte trotz der frühen Stunde bereits seine Spuren in der gewölbten Schneedecke hinterlassen. Paul folgte den Fußtritten, die gepresste Schneeschicht knirschte ächzend unter seinen geriffelten Schuhsohlen und das Gehen strengte ihn an. Vor der Schuppentür war der Schnee so hoch geweht, dass Paul sie kaum auf bekam. Nachdem er mühselig die Schneeschaufel und den Sack mit Streusalz herausgeholt hatte und sich auf den Weg zurück durch den Treppenhausflur machte, keuchte er.

Die geriffelten Sohlen seiner festen Arbeitsstiefel hinterließen gräulich-weiße Pfützen in dem ausgetretenen Linoleum, obwohl er sie zuvor im Eingangsbereich sorgfältig an dem mit einem Aufnehmer bedeckten Fußabtreter abgestreift hatte.

Paul fühlte sich kalt und steif, es schien ihm, als würden ihn allmählich die Kräfte verlassen. Aber als er die ersten Schaufeln voll Schnee weggeschoben hatte, wurden seine Gelenke allmählich wieder geschmeidiger. Nun schaufelt er rhythmisch und gleichmäßig, wenn auch etwas umständlich, und arbeitet sich Meter für Meter voran durch die Schneeverwehungen vor dem Grünen Haus. Er liebt das Geräusch der Schippe, die die hartnäckige, zusammengepappte eisige Schicht durchdringt und auf dem Untergrund kratzt.

Der Winter hält sich hartnäckig, wehrt sich gegen Wärme und Licht. Es hat so viel Schnee gegeben wie die vergangenen fünf Jahre zusammen genommen nicht.

Wenn es geschneit hat, klingt die Straße anders, die Geräusche sind gedämpft, nicht so hallend, grell und scheppernd wie im Sommer, alles ist unter einer schützenden weißen Hülle verborgen und selbst die Autos scheinen weniger Lärm zu machen, weil sie behutsam gelenkt werden. Die Menschen bewegen sich achtsam und zurückhaltend auf dem glatten Untergrund. Eine zusammenhängende gräuliche Wolkendecke kündigt weitere Schneefälle an. Die Grenze zwischen Himmel und Erde ist aufgehoben. Zur Orientierung dienen nur noch die nackten schwarzen Arme der Pappeln, Akazien und Buchen, die Umrisse der Häuser, die sich scharf von der milchig-weißen Fläche abheben.

Als Paul bis zur Straßenecke vorgedrungen ist, an der die Grenze zum Nachbarhaus verläuft, bleibt er auf seine Schneeschaufel gestützt stehen, der ausgestoßene Nebel aus niedergeschlagenem Atem umhüllt ihn und von seinem verschwitzten Kopf mit den kurz geschnittenen grauen Haaren steigen Dampfwolken auf. Er betrachtet den frei geschaufelten schmalen Fußweg, der sich zwischen den zu beiden Seiten aufgeworfenen Schneehaufen hindurch schlängelt. Nun braucht er nur noch das Salz aufzustreuen.

Dazu muss er aber zunächst zur Eingangstür des Grünen Hauses zurück gehen. Denn dort steht noch der Eimer mit den rosafarbenen Kristallen.

Der Weg bis dorthin erscheint Paul unendlich weit. Jeden Winter überfällt ihn eine schwere Müdigkeit, die er bisher immer der dunklen Jahreszeit zugeschoben hat, die dazu einlädt sich zurückzuziehen und zu verschnaufen, alles etwas langsamer angehen zu lassen. Nur ist es in diesem Jahr besonders schlimm. Er fühlt sich träge und antriebslos und die Arbeiten, die er sonst mit so viel Elan verrichtete, erscheinen ihm nur noch beschwerlich. Immer öfter erwischt er sich bei dem Gedanken, dass er einfach keine Lust mehr hat.

Ein schepperndes Rattern reißt Paul aus seinen Gedanken. Im Erdgeschoss des Grünen Hauses werden die Rollläden heraufgezogen und durch die beiden

Fenster der dahinter liegenden Seminarräume strömt Licht auf den düsteren Gehweg. Karl Decker jedenfalls scheinen die Kräfte nie auszugehen. Unentwegt wuselt er im Erdgeschoss umher, empfängt Kunden und hält Zeremonien ab, oder was er dort so treibt. Genau weiß Paul es nicht. Auch zwischen Weihnachten und Neujahr sind Karls Räume für Besucher geöffnet gewesen.

Früher hatte das Haus grüne Fensterläden, daher hat es auch seinen Namen. Inzwischen sind die Läden abmontiert und durch Rollläden ersetzt worden, als in den 1990er-Jahren Isolierfenster angebracht wurden. Aber das Grüne Haus heißt noch immer so.

Die Eingangstür schlägt zu und Karl, nur mit einer dünnen Leinenhose und einem Sweatshirt bekleidet, springt die Stufen zum Gehsteig hinunter. In der Hand hält er einen blauen Abfallbeutel.

»Kannst du mir den Zugang zu den Mülltonnen frei machen, Paul?«

»Wenn du mir den Eimer mit dem Streusalz mitbringst«, brummelt Paul zur Antwort und nimmt schon die Schaufel wieder auf, um den Platz vor den in die Hausmauer eingelassenen Mülltonnen von dem aufgetürmten Schneeberg zu räumen.

Als Karl bei ihm angelangt ist, schiebt er die Hand in den Eingriff der Tür für die Mülltonnen und öffnet sie, wobei ein widerstrebendes quietschendes Geräusch entsteht.

»Bald wird es vorbei sein mit dem Schnee«, sagt er aufmunternd und mit einem Lächeln, das einseitig nur den rechten Mundwinkel nach oben zieht.

»Na, wenn du es sagst, muss es wohl stimmen«, antwortet Paul und auch auf sein Gesicht legt sich ein kleines Lächeln.

Paul stellt sich den Eimer zurecht und beginnt, ohne sich weiter um Karl zu kümmern, der wieder im Haus verschwindet, mit der kleineren Schippe das Salz auf dem rutschigen Untergrund auszustreuen. Er hofft, dass seine Arbeit nicht vergebens ist, da sich die dichte Wolkendecke weiter gesenkt hat und die Luft nach Schnee riecht. Wenn es weiterhin so heftige Niederschläge gäbe, würde das freigelegte Stück bald wieder zugeweht und auch das Salz würde nicht ausreichen, um den Fußweg auf Dauer begehbar zu halten.

Aber der leicht aufkommende Wind trägt auch einen anderen Geruch mit sich, etwas Verlockendes, Weiches, Seichtes. Eine Ahnung von milderem Wetter. Erste Vorboten einer wechselnden Jahreszeit.

Am Nachmittag macht Paul sich auf den Weg in den Lindenpark. So wie jeden Tag. Seit er den aufkommenden Frühlingsduft gerochen und Karl ihm zugelächelt hat, ist er etwas fröhlicher gestimmt. Er hat sich fest vorgenommen, mindestens einmal am Tag das Haus zu verlassen, wie schlecht das Wetter auch ist, wie knorrig seine Muskeln, Knochen und Sehnen sich auch dagegen stemmen, auflehnen, jammern mögen.

Die auf Gehweg und Straße festgetretene und -gefahrene Schneedecke ist durchmischt mit dunklem Granulat und bläulich oder rosa schimmerndem Streusalz. Dank seiner rutschfesten Stiefel geht Paul sicheren

Schritts, er hört den harschen Schnee unter seinen Schuhsohlen knirschen. Hinter den zu beiden Seiten aufgehäuften Schneebergen an der Straßenecke zur Hauptstraße ist alles nur noch schmutzig-grau und matschig. Am Fußgängerüberweg hat sich am Rand der Straße eine riesige Pfütze gebildet, dort, wo der Schnee durch die vorbeifahrenden Autos getaut ist. Die Abflussrinnen und der Gully können die Massen an Schmelzwasser nicht bewältigen.

Paul setzt einen Fuß auf die Straße, der versinkt im brackigen Wasser. Schnell zieht er den Fuß heraus und sucht festen Boden, um auf die gegenüberliegende Straßenseite zu gelangen. Dort ist es dasselbe, wieder tritt er in eine Pfütze, weil er den Untergrund nicht sehen kann, ist erstaunt, wie tief das Wasser steht. Mit einem langen Schritt überwindet er diese Hürde und ist froh, dass er nicht ausrutscht, als er auf glitschigem Matsch landet.

Der Park zeigt noch sein weißes, wie in Watte gehülltes Gesicht. Der Teich ist noch zur Hälfte zugefroren und die Enten schlittern behutsam auf ihren breiten gelben Füßen zum scharfen Wasserrand. um zu trinken oder schwimmen zu gehen. Paul fragt sich, ob es wohl noch genügend Nahrung für sie gibt.

Als er achtsam die Brücke hinuntersteigt, die auf der anderen Seite des Teichs wieder hinab führt, wirft er einen vorsichtigen Blick auf die freie Fläche am Rand der großen Liegewiese, auf der, geschützt durch eine Hecke, die Sitzbänke stehen. Er traut sich nie richtig hinzuschauen. Auf die Gedenkstelle, die die Anwohner und Nachbarn errichtet haben, und die jetzt im Winter, von Schnee bedeckt, wie ein Grabhügel aussieht, aus dem ein hölzernes Kreuz hervorragt, umringt von einem niedergedrückten, vertrockneten Blumenkranz. Die Bänke neben der Gedenkstelle für Johannes sind leer, es ist zu kalt für die Trinker und Pennbrüder, die sich sonst immer hier aufhalten.

Das alles nimmt Paul nur aus den Augenwinkeln wahr, schon ist er den Weg weiter gestapft, der ihn einmal um den Teich herum führen wird. Auf die große Runde, die auch den Spielplatz und den Pfad an den Büschen vorbei mit einbezieht, wird er heute verzichten.

Am Abend sitzt Paul mit einer Flasche Bier vor dem Fernseher und schaut sich eine Quizsendung an. Die Antworten weiß er meist schneller als die Kandidaten im Studio, weshalb er ungeduldig wird.

Als er in die Küche geht, um sich noch ein Brot zu schmieren, hört er aus der Wohnung über sich Schritte und dann ein Rumpeln, so als sei etwas umgefallen. Für einen Augenblick glaubt er, es sei wie früher und Johannes sei nach Hause gekommen. Manchmal kommt es ihm vor, als lebe Johannes immer noch dort unter dem Dach und er bräuchte nur nach oben zu ihm gehen und sie würden sich zusammen an den Küchentisch setzen und ihr Bier trinken, während sie im Gespräch alle Themen durchgehen, die sie gerade beschäftigen, Politik, Erziehung, Bildung, Wissenschaft,

Sport, sie würden in philosophische Dispute versinken und lange Zeit nicht daraus auftauchen.

Aber dann hört er durch die Decke eine helle Frauenstimme und ihm fällt wieder ein, dass sich nun die Studentin mit ihrem Freund dort oben eingenistet hat.

Manchmal vermisst er Johannes sehr.

Als er aus dem Küchenfenster schaut, bemerkt er, dass es angefangen hat zu tauen. Endlich. Von der Dachrinne hängen Eiszapfen, die glasklar in der Sonne glänzen und Tropfen absondern, die stetig auf den Sims klopfen. Fasziniert betrachtet Paul den größten Zapfen und überlegt, ob er weiter dahinschwinden oder schließlich abfallen und auf dem Fenstervorsprung zersplittern wird, während er, Paul, nicht mehr hier wäre, um es mitzuerleben.

Gilla

Als ich aus dem Badezimmer komme, höre ich, wie in der Wohnung oben die Tür zum Treppenhaus mit einem lauten Knall zugezogen wird. Das Türschloss ist widerspenstig und schwergängig. Florian poltert die Treppe hinunter. Dieser Junge kann sich nicht leise durch das Haus bewegen, trampelt herum, nimmt den gesamten Raum für sich ein.

Es stört mich nicht, dass ich nahezu jeden Schritt meiner Mitbewohner wahrnehmen kann, dass ich ihre Musik dumpf durch die Zwischenetagen hallen höre, auch nicht, dass ich manchmal, wenn ich abends im Bett liege, den Stimmen aus dem Fernseher lauschen kann, die durch die Decke aus Pauls Schlafzimmer direkt über mir zu mir dringen (nicht dass ich verstehen könnte, was sie reden), oder dass ich morgens das Brummen des Weckers mitbekomme. Aber an das laute Zuknallen der Türe kann ich mich einfach nicht gewöhnen.

Ich hatte fast vergessen, wie hellhörig das Grüne Haus ist, wie der Holzboden bei jedem Schritt mitschwingt und jedes Geräusch, jeden Ton und jeden Laut überträgt. Nach außen schirmt das dichte und beständige Gemäuer seine Bewohner von Geräuschbelästigungen ab. Aber innen, innerhalb seiner Steinmauern und -wänden, ist es durchlässig und mitteilsam.

Ich denke an die Dachgeschosswohnung, in der Johannes früher gewohnt hat. Bevor Claudia und Florian dort eingezogen sind, hätte ich die Gelegenheit ergreifen und die Räume grundlegend renovieren lassen sollen, ich hätte einen neuen Estrich verlegen lassen oder eine Zwischendecke einziehen können. Aber ich habe es nicht über mich gebracht, die Wohnung zu verändern, in der Johannes so viele Jahre gelebt hat. Als er damals einzog, lebte Willi noch und ich arbeitete nur halbtags mit in der Apotheke. Wenn ich nachmittags frei hatte, saß ich oft mit Johannes im Hof und diskutierte mit ihm so ausgiebig über philosophische, gesellschaftliche und politische Themen, dass ich alles um mich herum vergaß und Willi sich darüber beschwerte, dass ich nicht das Abendessen zubereitet hatte, wenn er nach Hause kam. Johannes wusste so viel über Kultur. Durch ihn habe ich erst meine Leidenschaft für das Klavierspiel von Glenn Gould entdeckt.

Zu sehr hat es geschmerzt, den tiefen Fall des *Professors* mitzuerleben. Ich war froh, dass Paul nach Johannes' Tod die Dachgeschosswohnung und vor allem die Mansarde in Ordnung brachte und ich mich nicht allzu sehr darum kümmern musste.

Ich gehe in die Küche und setze Teewasser auf. Während der Wasserkocher vor sich hin brodelt, öffne ich wie jeden Morgen die Balkontür und trete nach draußen. Der Himmel ist nach dem gestrigen Regen milchig blau, der untere, diesig weiße Rand färbt sich allmählich orange-rosa. Bald wird die Sonne aufgehen. Der Morgengruß ist mein tägliches Ritual. Ich atme mehrmals tief ein und aus, strecke während des Einatmens die Arme hoch über den Kopf und senke sie beim Ausatmen seitlich wieder herab. So entsteht eine kreisförmige Bewegung. Dann halte ich einige Augenblicke inne und richte, die Hände über der Brust gekreuzt, meine Herzenswünsche für den bevorstehenden Tag an das Universum. Heute ist mein Anliegen ganz konkret. Ich erbitte einen schönen und erfreulichen Konzertabend. Sylvia, die ich erst seit kurzem aus dem Gospel-Chor kenne, hat mich zu einer Gesangs- und Tanzvorführung mit Chansons von Josephine Baker eingeladen. Eine Schauspielerin vom hiesigen Schauspielhaus versetzt sich in die Rolle der amerikanischfranzösischen Sängerin und trägt ihre Lieder vor. Ich bin ein wenig skeptisch. Der Versuch, in eine andere Person schlüpfen zu wollen, bereitet mir Unbehagen. Aber Sylvia ist gebildet und kulturell interessiert und ich würde sie gerne zur Freundin haben. Also werde ich mitgehen.

Das Wasser sprudelt und ich kehre in die warme Küche zurück. Ich lasse den Tee in der braunen Kanne ziehen und lege eine CD von Glenn Gould ein. Diesmal aber nicht das Klavierstück von Arnold Schönberg, dem ich gestern Abend aufmerksam zugehört habe und dessen scheinbarer Unstrukturiertheit ich sogar etwas Harmonisches entnehmen konnte, sondern das Klavierkonzert Nr. 5 von Bach, um mich auf den Tag einzustimmen und wach zu werden. Zur Aufmunterung.

Während ich langsam und genüsslich meinen Tee schlürfe, tauche ich in die Klaviermusik ein. Entgegen der weit verbreiteten Vorstellung hat Glenn Gould nicht nur Bach gespielt, sondern auch die weniger bekannten und beliebten Komponisten, wie etwa Schönberg, Webern, Krênek, oder auch Grieg und Berlioz, sogar Brahms interpretiert. Auf seine eigene, klare und nicht ausschweifende Art. Ich liebe das Klavierspiel von Glenn Gould. Er hat sich Zeit seines Lebens so intensiv mit den Bach'schen Fugen, Partitas und Toccatas beschäftigt, dass er diese scheinbar so technischen und eintönigen, starren Kompositionen durch seine Interpretation zu seiner eigenen Kunstgestaltung gemacht hat. Wenn Glenn Gould spielte, war es nicht bloß Darbietung, sondern wohl durchdachte Spielweise und Ausführung.

Über alles schätze ich seine Goldbergvariationen. Diese Musik ist so sehr mit der Persönlichkeit Goulds verhaftet, dass es nicht Bach ist, dem ich lausche, sondern der wieder auf erstandene, ewig weiter lebende kanadische Genius, der in sein Klavierspiel all seine Emotionen gelegt hat, zu deren Ausdruck er in seinem verschrobenen Leben nicht in der Lage gewesen ist. Und das von vielen Kritikern belächelte Mitsingen, teilweise Stöhnen, das auf seinen Aufnahmen zu hören ist, macht diesen begnadeten Künstler und hochbegabten Menschen für mich umso liebenswerter, überhaupt nur deshalb wirkt er auf mich menschlich. Denn es zeigt, dass dieser Musiker bei all seinem fast zwanghaften Perfektionismus, den er bei den Studio-Einspielungen gezeigt hat, die Musik liebte, sie vollkommen verinnerlicht hatte, sie verkörperte und sie den Menschen mitteilen wollte. Und die Aufnahme von 1981 ist so viel langsamer, bedächtiger und behutsam gespielt, dass sie mich jedes Mal aufs Neue berührt.

Die erste Tasse Tee ist ausgetrunken, ich bereite mir eine Scheibe Vollkorntoast mit Honig zu, kaue langsam und sorgfältig.

Irgendwie mag ich die Hausgeräusche sogar, fühle mich umgeben von meinen Mitbewohnern, die ihren täglichen Verrichtungen nachgehen und die gedämpfte tonlose Stille, die mich seit Willis Tod umgibt, mit ihren Geräuschen, Klängen und Tönen ausfüllen, mit ihrer Lebendigkeit und Normalität, mit ihrem Da-Sein. Ich fühle mich als Teil einer Gemeinschaft. Die Hausbewohner, die Bewohner meines Hauses, bilden mit mir eine Gemeinschaft. Eine Haus-Gemeinschaft.

Ich spüle das Frühstücksgeschirr ab, gehe noch einmal ins Bad, um mir die Zähne zu putzen, packe dann meine Utensilien für den Tag zusammen und stelle die Handtasche in den Flur. Wie jeden Morgen mache ich einen letzten Rundgang durch die Wohnung. Die Fenster sind verriegelt, die Heizung abgestellt.

Ich bereite mich auf einen weiteren Arbeitstag in der Apotheke vor, die ich nun alleine führe.

Ohne Willi.

Zwölf Stunden oder einen ganzen Arbeitstag später sitze ich mit Sylvia in dem vollkommen in schwarz gehaltenen Zuschauerraum des Theaters. Eine unheimliche Atmosphäre breitet sich in dem Raum ohne Echo aus. Der Bühnenhintergrund ist voll einsehbar, nach hinten durch eine Wand mit groben Ziegelsteinen begrenzt, der nackte Holzboden schwarz gestrichen, der Vorhang aus schwerem schwarzem Stoff. Schon vor Beginn der eigentlichen Vorstellung ist die Schauspielerin in ihre Rolle geschlüpft und verkörpert Josephine Baker. Sie trägt ein langes schwarzes Kleid, dessen Oberteil mit bunten Strasssteinen besetzt ist, eine schwarze, eng am Kopf anliegende Perücke und hat über den Augen die geschwungenen Brauen mit einem schwarzen Strich nachgezeichnet, dazu hat sie knallroten Lippenstift aufgetragen und die Fingernägel in demselben Farbton lackiert. Sie trägt rote Socken an den Füßen, als sie vor der Ziegelsteinwand auf und ab läuft und sich einsingt. Währenddessen strömen die Zuschauer zwischen dem ersten und dritten Gong weiter in den Theatersaal und verstummen, fragen sich verwundert, ob die Vorstellung schon begonnen hat. Der Inspizient betritt die Bühne und besprüht den Raum um das Mikrofon herum, dort, wo die Sängerin stehen wird, mit feinem Nebel, befeuchtet die Luft. Die Zuschauer fragen sich wiederum, ob dies bereits zur Inszenierung gehört. Nach dem dritten Läuten werden die Türen geschlossen und das Licht gedämpft. Auf der Bühne erstrahlen zwei Reihen von Glühbirnen, die der

Künstlerin den Weg zum vorderen Bühnenrand weisen. Die Schauspielerin, jetzt Sängerin, zieht ihre roten Socken aus, kommt barfuß nach vorne, wo der Mikrofonständer auf sie wartet, schlüpft in die bereit stehenden schwarzen, spitz zulaufenden Pumps, der Vorhang schließt sich. Sie sagt einen einleitenden Satz (sie spricht in der Ich-Form, ist also jetzt unverkennbar Josephine Baker) und beginnt zu singen.

Ich zucke leicht zusammen, während Sylvia unbehelligt auf die Bühne starrt. Nur ich habe die Unebenheit bemerkt, einen Ton, den die Sängerin nicht richtig getroffen hat. Der zu glatt und zu platt wirkt.

Ich erkenne nun von Nahem, von meinem Platz in der dritten Reihe aus, dass die Darstellerin geliftet ist, die Gesichtshaut über den Wangenknochen gespannt, der rot umrandete Mund zeichnet sich kontraststark ab, die gleichmäßigen Zähne eines künstlichen Gebisses ragen aus dem Mund hervor. Die Mimik ist genau einstudiert, die Gesten auf die Aussage abgestimmt, spartanisch, beschränkt auf das Wesentliche. Sie spielt Josephine Baker, sie ist Josephine Baker geworden, eine Sängerin und Tänzerin, die allein vor dem schwarzen Vorhang auf der Bühne steht. Allein mit ihrer Person, ihrer Persönlichkeit und ihrer Stimme will sie das Publikum faszinieren, für sich einnehmen, in Bann ziehen. Doch sie ist eben nicht diese andere Person, Josephine Baker. Ich kann nicht umhin, die Frau hinter der Maske zu sehen, die Schauspielerin in den Bewegungen und Gesten. Ich nehme wahr, wie während des Stücks das Licht wechselt, die Beleuchtung, wie die Bühne ausgeleuchtet und die Sängerin angestrahlt, in den Blickpunkt gerückt wird.

Der zweite Titel ist ein Liebeslied. Sylvia sitzt verzückt neben mir, während ich stocksteif bleibe, verständnislos für die Gesten und die Worte der Schauspielerin. Ich wundere mich, wie eine Frau sich so hemmungslos und völlig hingeben, sich gänzlich aufgeben kann für die Liebe. Mir kommt in den Sinn, dass Josephine Baker noch im hohen Alter auftrat und ihren berühmten *Banana-Dance* vorführte. Eine furchtlose Frau mit langen, schlaksigen Beinen, ein freches, schelmisches Grinsen im Gesicht, die sich wie eine entfesselte Gliederpuppe auf der Bühne bewegte. Sie lebte nicht nur für die Liebe, war nicht nur die sexuell freizügige, schwarze Venus, sondern vor allem mutige Widerstandskämpferin in der Resistance und Streiterin gegen Rassendiskriminierung. Nichts von alledem zeigt die Schauspielerin vor uns auf der Bühne. Sie will uns vorgaukeln, Josephine Baker sei zwanghaft von der Liebe und nicht von der Kunst besessen gewesen.

Auch ich habe mich nie aufgegeben für die Liebe, habe aber immer mehr gegeben als der Andere. Willi war viel älter als ich. Trotzdem war er in vielerlei Hinsicht unselbstständig oder einfach nur weniger verantwortungsvoll. Er nistete sich in meinem Haus ein, das ich von meinem Vater, einem alt eingesessenen Handwerker, geerbt hatte, und ließ sich mit dem Geld, das ich als Krankenschwester mit Nachtwachen verdiente, das Studium finanzieren. Als er die Apotheke eröffnete, glaubte er wohl, ich würde mich mit der Rolle der pharmazeutischen Assistentin zufrieden geben. Aber ich begann mich zu langweilen und holte schließlich mit Mitte Dreißig das eigene Pharmaziestudium nach. Hätte Johannes mir damals nicht in vielen gemeinsamen Stunden in der Laube im Hinterhof gut zugeredet, hätte ich diesen Schritt wahrscheinlich nie unternommen. Nun ist Willi schon seit drei Jahren tot und ich habe die Apotheke übernommen.

Beim dritten Lied steigert die Sängerin ihre Stimme und ihre Ausdruckskraft ins Unendliche. Ich frage mich mittlerweile, wie sie dieses Konzert durchstehen will, wenn sie schon jetzt beim dritten Stück alles gibt, alles von sich gibt. Die Adern, Sehnen und Muskeln am Hals treten hervor, der rote Mund ist weit geöffnet. Die Arme ausgebreitet, die Handflächen nach oben gerichtet, setzt sie zum Finale an, ein unendlich in die Länge gezogenes Ton-Halten bis zum abrupten Abbruch. Und der tosende Beifall setzt ein.

Die Künstlerin bleibt weiterhin auf der Stelle vor dem Mikrofon stehen, verneigt sich dankbar vor dem Publikum und kündigt das nächste Lied an. Sie schaut über Sylvia und mich hinweg, ihre von langen künstlichen Wimpern umrahmten Augen wirken mandelförmig geschwungen, sie hat einen leichten Silberblick. Sie richtet ihren Blick nach hinten in den Zuschauerraum und erzählt, dass ihr – also vielmehr Josephine Baker's – Ehemann den Song *Don't touch my tomatoes* geschrieben habe, den sie nun performen werde. Ob sie nun auch tanzen wird, frage ich mich. Sie schwingt den rechten Arm über den Kopf und macht eine leichte

Drehbewegung zu ihrer linken Seite hin. Dann stürzt sie seitlich auf die Bühne. Bleibt verwirrt liegen. Ich denke zunächst, sie sei betrunken, auf der Bühne getorkelt. Aber sie machte keinen betrunkenen Eindruck. Ihre Sprache ist bisher klar gewesen. Ihre Bewegungen zielgerichtet.

Sie versucht, sich wieder aufzurichten, aber es gelingt ihr nicht. Sie singt weiter zu der im Hintergrund vom Band spielenden Musik. Der Inspizient läuft auf die Bühne und hilft ihr aufzustehen, greift sie von hinten unter die Arme, stützt sie. Sie knickt immer wieder mit dem linken Bein weg, sie kann nicht stehen bleiben, ihre linke Hand ist zu einer Klaue gekrümmt. Sie singt weiter, setzt immer wieder an der Stelle an, wo die Musik gerade ist.

Der Inspizient fragt in den Zuschauerraum: »Befindet sich ein Arzt unter Ihnen?«

Der Mann vor uns hebt die Hand und geht sofort zum Bühnenaufgang. Zwei weitere Personen laufen auf die Bühne und stützen die Schauspielerin. Sie sagt ins Mikrofon:

«Verehrtes Publikum, es tut mir leid, aber ich spüre mein linkes Bein nicht mehr. Ich kann mein Bein nicht mehr bewegen.«

Sie will weiter singen, wird aber von den Personen von der Bühne geleitet.

Die Zuschauer warten entsetzt. Sylvia sagt, mit starrem, entsetzten Blick: «Ich glaube das jetzt nicht, dass das wirklich passiert.«

Ich greife nach ihrem Unterarm und flüstere ihr zu: »Lass uns ins Foyer gehen.«

Doch Sylvia reagiert nicht auf das, was ich sage.

Einige kurze Minuten später kommt der Inspizient auf die Bühne und informiert das Publikum darüber, dass die Sängerin das Konzert nicht fortsetzen könne und dass es einen Ersatztermin geben werde. Die Zuschauer verlassen leise murmelnd den Saal. Ich muss meine Freundin stützen, denn als wir in das grelle Licht des Vorraums hinaustreten, ist sie völlig benommen. Wir stellen uns an einen der Stehtische und ich hole uns etwas zu trinken. Mein Mund ist ausgetrocknet. Sylvia nimmt einen Schluck Wasser, dann beginnt sie leise zu weinen.

»Immer passiert mir so etwas. Jedes Mal, wenn ich mir etwas Besonderes vornehme, geschieht etwas Unerwartetes. Mit mir sollte man nicht ausgehen.«

Ich stehe neben ihr und weiß nicht, was ich darauf antworten soll. Ich lege wieder meine Hand auf ihren Arm und versuche, ihren Blick festzuhalten.

»Aber du kannst dir doch nicht die Schuld dafür geben, dass die Sängerin zusammengebrochen ist. Darauf hast du keinen Einfluss.«

Sylvia schaut mit einem halben Lächeln an mir vorbei, so als wären meine Worte nicht bis zu ihr vorgedrungen. Dann fängt sie an zu reden. Sie spricht unkontrolliert alles aus, was ihr gerade in den Sinn kommt: dass sie ihre Spiritualität vertiefen will, dass sie im Frühling zu einer Heiler- und Esoterik-Tagung ins

Allgäu fahren will und dass sie singen will, meditative Lieder, Mantren, die zur inneren Einkehr führen.

Ich höre nur zu.

Bald ist sie getröstet.

Aber mein Gehirn schickt mir weiter Bilder. Ich kann nicht abschalten. Ich sehe den offenen, rot umrandeten Mund der Sängerin, kurz bevor sie auf der Bühne stürzt. Der rote Mund wird überlagert von der wirren grauen Frisur des Inspizienten, der sich über sie beugt. Davor schiebt sich das starre, unbewegte Gesicht von Willi, nachdem er erfahren hat, dass er Bauchspeicheldrüsenkrebs hat. Die braunen Augen, unter verkniffen geschwungenen Augenbrauen verdeckt, wirkten fast schwarz. Er hatte nur noch drei Monate vor sich. Es ging alles so schnell.

Die Welt um mich herum ist schwarz. Und nur manchmal mischt sich auch Rot darunter. Aber niemals sehe ich das Weiß.

Karl

Das Grüne Haus strahlte eine schlampige Würde aus. Mit seinen an der Fassade angebrachten Stuckornamenten und dem verschnörkelten Jugendstil-Muster über der schweren Eichenholztür wirkte es alt und erhaben und zugleich etwas schmuddelig. Die ehemals cremefarbene Außenwand hatte lange Zeit keinen neuen Anstrich gesehen und das Treppenhaus war in einem seltsamen Ockerbraun gehalten, das in mehreren Schichten übereinander aufgetragen worden war, so als habe sich niemand die Mühe machen wollen, die alte Farbe zu beseitigen und komplett zu erneuern.

Im Eingangsflur zeugte die notdürftig gefüllte Umrandung der Briefkästen davon, dass die ursprünglichen Holzfächer moderneren Modellen aus Metall hatten weichen müssen. Der Gang führte zu den im Erdgeschoss gelegenen Praxisräumen, die Karl für seine schamanischen Reisen nutzte und in denen er künftig auch Seminare durchführen wollte. Der Eingang war, anders als die Wohnungstüren in den Stockwerken darüber, nicht mit einer in Holz gefassten farbigen Glastür versehen, sondern durch eine solide weiße Kunststofftür fest verschlossen.

Doch Karl störte der Stilbruch nicht. Er hatte jahrelang in hochmodernen, glänzenden und unpersönlichen Räumen gearbeitet. Ihm gefiel das Grüne Haus mit seinen vielschichtigen Energieströmen und der Dynamik, die von den Generationen der Bewohner ausgingen, die hier lebten und gelebt hatten.

Karl war dem Reiz des Altbaus sofort verfallen und ihm war schnell klar geworden, dass nur dieser in der äußeren Welt gelegene Kraftort für seine Reisen in die Untere Welt in Frage kam. Er war ideal, hatte einen geschützt im hinteren Teil des Erdgeschosses gelegenen, abgeschirmten Raum, so dass niemand seine Rituale beobachten konnte und die Trommelgeräusche nicht allzu sehr störten.

Karl trommelte.

Rhythmisch, gleichmäßig und laut.

Die Schwingungen übertrugen sich von dem hölzernen Rahmen der Schamanentrommel über den Schlegel, seinen Arm, in seinen Körper, von der gespannten Oberfläche des Instruments in den Raum, wo sie sich verteilten, vervielfältigten, materielle Hindernisse überwanden und sich ausbreiteten, so dass sich Grenzen und Begrenzungen auflösten.

Bis nichts mehr war.

Er gab sich dem Takt der Trommel hin, verfiel ihm, schwang mit ihm mit, bis das Dröhnen zu einem beständigen Hintergrundgeräusch wurde, ein weißes Rauschen, auf dem er sich tragen ließ. Er entrückte der wirklichen Welt und geriet in ekstatische Trance, diesen veränderten Bewusstseinszustand, der notwendig ist, um Raum und Zeit zu überwinden und in die nicht-alltägliche Wirklichkeit einzudringen.

Der Klang der Trommel führte ihn auf die Reise, trug ihn in die Untere Welt, in die Welt, in der die Seelen verwurzelt, geerdet sind.

Karl war Schamane.

Er hatte in sich die Fähigkeit entdeckt, sich selbst und andere zu heilen. Er wollte Vermittler sein zwischen der Geisterwelt und den Kranken. Er wollte hinabsteigen in die Untere Welt, um den verlorenen Teil seiner Seele zu finden und sie wieder zusammenzufügen. Um zu gesunden. Er vertraute auf seine Selbstheilungskräfte.

Erschöpfungssyndrom mit Kreislaufversagen hatte die Diagnose vor einem Jahr gelautet. Burn-Out. Ausgebrannt. Er, Karl Decker, der überaus erfolgreiche Manager und Unternehmensberater, der perfektionistisch und regelmäßig eine 80-Stunden Woche vollbrachte, hatte sich so lange vollständig an das herrschende Wettbewerbssystem angepasst und sich ihm unterworfen, bis es ihn schließlich verschlungen hatte.

Es war so selbstverständlich für ihn gewesen, immer mehr zu leisten, dass er gar nicht bemerkt hatte, oder zumindest nicht bemerken wollte, wie erschöpft er war. Früher hatte ihn die Arbeit beflügelt, doch nun überfiel ihn schon auf dem Weg ins Büro eine bisher nicht gekannte Lustlosigkeit. Am Morgen war er antriebslos und seltsam traurig. Alles erschien ihm düster, auch die Menschen, die ihn anlächelten. Er selbst lächelte kaum noch. Machte einfach weiter. Musste weiter machen. Er konnte nicht anders. Kannte es nicht anders.

Abends war er so ausgelaugt, dass ihm alles weh tat, Kopf, Nacken, Schultern und Rücken, die Muskeln in Armen und Beinen, alles schmerzte, so als habe er am gesamten Körper Muskelkater. Die Beine fühlten sich kalt und steif an, die Hände zitterten von innen heraus. Manchmal hatte er Schüttelfrost wie vor einem Fieber.

Um zur Ruhe zu kommen, trank er vor dem Schlafengehen Rotwein, wurde aber nach ein bis zwei Stunden wieder wach, weil seine Beine unwillkürlich zuckten. Er lag da und spürte sein Herz hämmern, er hörte das Klopfen laut in seinen Ohren dröhnen, es drang, von der Matratze verstärkt, widerhallend durch seinen Körper bis hoch in den Kopf. Er drehte sich auf den Rücken, konnte aber wegen der ungewohnten Lage erst recht nicht wieder einschlafen.

Manchmal fiel sein Herzschlag völlig aus dem Rhythmus, pochte, stolperte, aus dem Takt gekommen, unregelmäßig und hektisch, raste flach und schnell. Panik überkam ihn und er versuchte ruhig weiter zu atmen. Dann plötzlich verlangsamte sich alles wie in Zeitlupe und sein Herz gab nur noch schwache Klopfzeichen von sich. Am nächsten Morgen war Karl wie gerädert, konnte nicht richtig durch die Augen gucken, hatte ständig Durst, dazu ein flaues Gefühl im Magen, als hätte er zu wenig gegessen, Appetit aber hatte er nicht.

Als er im Job unkonzentriert wurde und ihm Fehler unterliefen, nahm er Ritalin, die Leistungsdroge, und funktionierte wieder. Seine unterschwellig vorhandene Erschöpfung nahm er nicht wahr.

Dann, an einem hellen und klaren Frühlingsmorgen, konnte er nicht mehr aufstehen. Es ging gar nichts mehr. Er fiel in völlige Dunkelheit und wäre auch dort geblieben, wenn nicht ein Mitarbeiter aus der Compliance-Abteilung ständig versucht hätte ihn zu erreichen, keine Ruhe gegeben und Karls Assistentin so lange bedrängt hätte, bis sie ihn schließlich in seiner Wohnung aufgesucht und dort unter Decken vergraben im abgedunkelten Schlafzimmer vorgefunden hätten. Der Absturz war tief und der Aufschlag hart.

Karl trommelte in gleichmäßigem Rhythmus weiter. Nun, da er seinen Kraftort in der äußeren Welt gefunden hatte, war es nicht weiter schwierig, den inneren Kraftort aufzusuchen und in die Untere Welt hinabzusteigen.

Er saß aufrecht auf dem Boden in der Mitte des Raums, an dem Ort der stärksten Energieströme, an dem er seine Ritualstätte eingerichtet hatte. Vor ihm lagen Schutzamulette, Steine und andere Gegenstände bereit, die ihn während der Zeremonie mit ihrer Kraft umgeben würden.

Seine großen hervorstehenden braunen Augen, die analytisch und wissend schauten, hatten den Blick nach innen gerichtet. Seine dunklen, im Kerzenschein schwarz schimmernden Haare standen dicht und stoppelig wie elektrisch aufgeladen in die Höhe, unterbrochen von einem Wirbel am Haaransatz über der hohen Stirn, dort wo der Pony wieder zu wachsen begann. Sie hatten die gleiche Länge wie der gestutzte, sorgfältig in eine geometrische Form gebrachte Kinnbart.

Karls Figur, schlank und kräftig, war durch eine natürliche Körperspannung aufgerichtet. Er schwang die Trommel über seinen Kopf, seitlich vor und hinter seinen Körper und wieder zurück zu seinem Schoß, während er die Bilder, die vor seinem inneren Auge auftauchten, betrachtete und dem Gedanken nachging, weshalb er hier saß, in diesem Raum, der schützenden Höhle seiner Unteren Welt und zugleich der Unteren Welt dieses Hauses.

Karl war auf unbegrenzte Zeit krankgeschrieben worden. Nach zahlreichen und endlosen Therapieversuchen, von Medikamentengaben über psychotherapeutische Gespräche bis hin zu progressiver Muskelentspannung und autogenem Training, bei denen ihn nie das Gefühl der innerlichen Unruhe, des Getrieben seins verlassen hatte, hatte er schließlich Britta aufgesucht, eine Physiotherapeutin, die sich auf Osteopathie spezialisiert hatte. Er wollte die Ursache für seinen Zusammenbruch, für seinen Absturz ergründen.

Karl lag auf ihrer Behandlungsliege und spürte ihre Hände, ihre Finger, ihre Fingerspitzen auf seiner Stirn, den Schläfen, dem Hinterkopf und dem Nacken entlang tasten, kreisen, kneten und drücken.

«Hier sitzt eine Verspannung.»

Weiteres Tasten und Massieren am Ansatz der Wirbelsäule, hinten am Schädel.

»Deine Halswirbel haben sich verschoben. Hattest du früher einen Unfall? Vielleicht ein Schütteltrauma?«

Karl versuchte, leicht den Kopf zu drehen, ohne sich aus der Umklammerung von Brittas Händen zu lösen. Er konnte sich nicht erinnern. Aber er schilderte ihr nochmals seine Symptome:

»Ich habe häufig Kopfschmerzen. Dann fühlt sich auch der Nacken steif an. Ich werde innerlich unruhig, kribbelig.«

Britta setzte schweigend die manuelle Behandlung fort.

»Wir werden einige Zeit brauchen, um die Blockaden im Knochengerüst und im Bewegungsapparat zu lösen.«

Sie hatte ihm erklärt, dass durch die manuelle Behandlung nach und nach die körpereigenen Funktionen angeregt würden, so dass der Organismus sich selbst regulierte.

Karl spürte einen Druck, der sich um die rechte Seite seines Schädels presste, dann hob Britta ihre Fingerspitzen von der Stelle, die sie gerade betastet hatte, und wohlige Wärme durchströmte seine Kopfhaut.

»Der Körper ist eine Funktionseinheit. Ein Trauma, das du an einer bestimmten Stelle erlitten hast, kann zur Störung des gesamten Systems führen«, hatte ihm Britta erklärt. Es war das erste Mal, dass Karl von den Selbstheilungskräften des eigenen Körpers erfuhr. Er begann zu verstehen, dass Körper und Geist zusammenhängen und dass das Eine nicht ohne das Andere geheilt werden kann.

»Was ist mit der Seele?«, fragte Karl ein anderes Mal, als er, diesmal nicht auf dem Rücken, sondern seitlich auf der Behandlungsliege ausgestreckt lag und Britta sich mit den Handballen seinen Rücken entlang arbeitete.

»Bilden nicht Körper, Geist und Seele eine Einheit?«

Er spürte an dem Griff in seinen Rückenmuskeln, dass Britta kurz zögerte.

»Das ist nicht mein Fachgebiet.«

Sie bat ihn, sich auf die andere Seite zu drehen. Bevor sie weiter die Muskeln knetete, legte sie die flache Hand auf die Gegend der Lendenwirbelsäule und hielt einen Augenblick inne.

»Aber ich kenne jemanden, der dir in dieser Hinsicht weiterhelfen könnte.«

Sie schickte ihn zu Jaromir, einem Heiler. Jaromir stammte aus Sibirien. Dort war er dem Ruf des Schamanismus gefolgt. Jaromir wurde sein Lehrer.

Karl sollte zunächst an einem der Gruppentreffen teilnehmen, die Jaromir regelmäßig veranstaltete, um gemeinsam mit Anderen auf Heilreise zu gehen und Zutritt zu dem universellen Bewusstsein zu finden. Aber das war Karl suspekt. Er befürchtete, dass es etwas mit religiösen oder esoterischen Ritualen zu tun haben könnte. Er verabscheute jede Form von Religiosität. Er bestand auf einer Einzelbehandlung, einer Art Psychotherapie, durch die über die Heilung der Seele der Körper wieder gesund werden würde.

Jaromir schickte ihn auf die innere Reise. Er würde ihn mit seiner Trommel auf den Weg in die Untere Welt begleiten. Dort sollte er sich auf die Suche nach seinem Krafttier begeben und ihm eine Frage stellen, die ihn bewegte.

»Es wird sich dir zeigen. Höre und schaue genau hin, was es dir mitteilt. Häufig erschließt sich der Sinn erst später.«

Bevor Jaromir die mit archaischen Symbolen bemalte Rahmentrommel benutzte, bereitete er Karl auf die Reise vor, indem er die Reinigung vollzog. Dazu streute er getrocknetes Räucherwerk auf das blau schimmernde Perlmutt einer polierten Muschelschale und entzündete es. Der Raum füllte sich mit einem kräftigen Kräuterduft. Mit einer Feder verteilte er gleichmäßig den Rauch, wehte ihn in Richtung Zimmerdecke und zum Boden, sinnbildlich für Himmel und Erde. Anschließend reinigte er auf dieselbe Weise zunächst Karl und schließlich auch sich selbst vom Kopf bis zu den Füßen mit dem Salbeirauch und stellte schließlich das Gefäß wieder ab, wo es weiter vor sich hin qualmte. Dann nahm er eine urtümliche Rassel von der Ritualstätte auf und schwang sie, von Gesang begleitet, auf und nieder, so dass sich störende Energien im Raum auflösen konnten.

Nachdem er die Reinigungsrituale beendet hatte, ließ Jaromir sich auf dem Sitzkissen der Ritualstätte nieder und schlug die Trommel.

Was dann folgte, kannte Karl schon vom autogenen Training, bei dem er sich auf intensive Fantasiereisen begeben und Zwiesprache mit sich selbst gehalten hatte. Nur befand er sich diesmal in einer nicht wirklichen Welt, er konnte nicht in das Geschehen eingreifen. Er ließ geschehen.

Ein kohlschwarzer Rabe erschien am Ausgangspunkt seiner Reise.

»Ich sehe Zukunft und Vergangenheit. Ich bewege mich durch Raum und Zeit. Ich bin Bote zwischen den Welten«, sprach er.

Karl wusste, welche Frage er ihm stellen wollte.

»Warum bin ich krank?«

»Ich bringe Heilung und Veränderung.«

Karl spürte die massive Kraft, die von den schwarzen Schwingen des mächtigen Vogels ausging. Der Rabe brachte ihn dazu, der Krankheit ins Gesicht zu schauen.

Karl ließ diese Bilder und Gedanken vorüberziehen, schickte sie mit dem starken Salbeiduft dahin und ließ sie sich auflösen. Er war seither viel gereist, in der wirklichen Welt und in der nicht-alltäglichen Wirklichkeit. Er hatte Jaromir in das Altai-Gebirge in Sibirien begleitet, der Wiege des Schamanismus, um mehr über die andere Welt zu erfahren, die urtümliche, archaische Welt des kollektiven Unterbewusstseins, zu der der Schamane Zugang hat. Er hatte geschaut und gelernt. Nun war er bereit, sich selbst zu heilen.

Karl spürte einem sich allmählich herausbildenden Impuls nach, der Frage, die ihn im tiefsten Inneren beschäftigte. Er wollte sich auf seiner Reise nochmals mit seinem Krafttier verbinden und es zu Rate ziehen.

Tief atmete er den kräftigen, würzigen Kräuterduft des Salbeirauchs ein, der vom Boden zu ihm aufstieg, umhüllte sich damit und schloss die Augen.

Er stieg hinab in die Untere Welt.

Der Rabe erwartete ihn bereits an der bekannten Stelle im Wald. Er hatte sich auf einem Baumstumpf niedergelassen, vor ihm schillerte ein Amulett, erleuchtet von den schräg durch das Laubwerk eindringenden Sonnenstrahlen.

Erwartungsvoll legte der große Vogel den Kopf zur Seite und betrachtete den Reisenden mit dunklen Knopfaugen, glänzend und durchscheinend wie Obsidian. Karl wusste, dass er nun seine Frage stellen musste.

»Wohin führt mich mein Weg?«, hallte es in seinem Kopf.

Der Rabe tanzte von einem Krallenfuß auf den anderen, ergriff mit der Spitze des Schnabels das Amulett und überreichte es Karl. Er streifte es über, so dass die leuchtenden Edelsteine auf seiner Brust zu liegen kamen, und blickte hinauf zu seinem Krafttier, das sich mit weit ausgebreiteten schwarzen Schwingen in die Luft erhob.

»Folge mir«, lautete die Aufforderung.

Karl wusste, dass in der Unteren Welt alles möglich war und dass die Reise nicht nur in Tiefen hinab, sondern auch an abgelegene Orte führen konnte, und sogar hinauf in die Lüfte.

Er schaute zu dem Raben auf, der über ihm seine Runden drehte, hörte durch die sumpfige Dichte eines beginnenden Nebels dessen Stimme, ein vorwurfsvolles Krächzen zunächst, dann übergehend in ein bekräftigendes Rufen, Tönen, Hallen, bis eine Melodie daraus entstand. Eine Melodie aus klaren, schallenden Lauten.

Karl ließ die Tonfolge in seinem Kopf schwingen und versuchte, die Anweisungen seines Lehrers, die zu seiner inneren Stimme geworden waren, zu befolgen. Er atmete gleichmäßig tief aus und wieder ein und schon stieg er auf. Er breitete die Arme aus und glitt neben dem Raben dahin.

Während des Flugs suchte der Vogel mit seinen gestochen scharfen dunklen Augen den Untergrund ab. Die Landschaft unter ihnen hatte sich verändert. Sie hatten das Waldstück verlassen und befanden sich auf freier Fläche, über einer Steppe oder Weide. Der Wind legte die hohen Grashalme in Wellen, die sich wogend fortbewegten. Karl und sein Krafttier folgten der angezeigten Richtung, bis der Boden sandiger wurde und schließlich in eine Felslandschaft überging. Abrupt gelangten sie an einen Abgrund, der vordergründig wie eine schmale Erdspalte aussah, deren scharfen Ränder sich aber unversehens ausdehnten und zu einem Canyon weiteten, dessen gegenüberliegendes Ufer Karl im aufsteigenden Dunst nicht erkennen konnte.

Der Rabe segelte unbeeindruckt über die Kluft hinweg, aber Karl ließ sich von dem Abgrund, von der Ungewissheit, die dort lauerte und zu ihm aufstieg, ihn mitzureißen drohte, verunsichern. Er hatte jegliches

Gefühl dafür verloren, was sich unter ihm befand, ob überhaupt ein Untergrund vorhanden war oder ob er sich aufgelöst und eine unendliche Tiefe hinterlassen hatte, und ob er, entwurzelt und orientierungslos, in völlige Leere hinein flog, in ein bedrohliches Nichts, in dem er sich verlieren würde.

Wieder erschallte die Melodie des Raben.

Und Karl folgte seinem Ruf.

Frühling

Florian und Claudia

Das Schwarz ist verschwunden. Die Bilder, die ich sehe, sind weiß. Und farbig. Grün und Rot heben sich vom Weiß ab. Grün wird durch das Rot überhöht und das Rot durch das Grün. Würde man noch als dritte Grundfarbe blau hinzufügen, ergäbe sich wieder weiß, so aber sind meine Augen ständig dieser Verstärkung und Überlagerung ausgesetzt. Meine Sehnerven ermüden. Die Farbrezeptoren sind durch den Komplementärkontrast überreizt. Der Eindruck wird verschärft durch die Bearbeitung des Food-Designers, der die Leuchtkraft der Farben in den Motiven noch hervorhebt.

Wir fotografieren italienische Spezialitäten, in den Nationalfarben grün, weiß, rot. Mediterranes Essen, grün die Kräuter, weiß die Spaghetti, rot die Tomatensauce, blinzel, klick, grün das Basilikum, weiß der Mozzarella, rot die Tomaten, blinzel, klick, und grün der Spinat, weiß der Pizzateig, rot die passierten Tomaten, blinzel, klick.

Von morgens früh bis abends spät liegen oder stehen die Speisen vor meinem Sucher, ich fokussiere, löse aus, blinzel, klick, die Bilder ziehen an mir vorbei. Die nächste Einstellung. Grün auch das Olivenöl, rot der luftgetrocknete Schinken, weiß der Parmesankäse. Blinzel, klick.

Am Abend komme ich erschöpft nach Hause, kann kaum den Schlüssel hervorkramen, stehe vor dem Grünen Haus, das nicht grün ist, sondern weiß, grau-weiß, um genau zu sein, das aber grüne Fensterläden hat und rote Geranien an den Fensterbänken im Erdgeschoss und vor dem Haus.

Und die Vorstellung von grün-weiß-rot lässt mich nicht los. Mediterrane Lebensweise, Gelassenheit und Ausgewogenheit. Genuss. Nicht die zwanghafte Askese des Veganismus. Ich sehe mich als Ästhet, als Ernährungs-Ästhet. Deshalb möchte ich trotz der Überreizung im Fotoatelier auf unserer Einweihungsfeier am Wochenende im Dachgeschoss des Grünen Hauses grün-weiß-rote Speisen und Getränke anbieten. Campari Soda und Mochito als Cocktails sowie roten und weißen Wein zum Essen.

Als ich heute Abend mit Einkaufstaschen behangen vor dem Hauseingang stand, fühlte ich mich so unglaublich müde und gereizt, dass es mir kaum gelang, die Tür aufzuschließen. Das Gewusel nervte mich. Ich fluchte und stellte die Beutel, die ich mit Überresten aus dem Fotostudio gefüllt und mit gezielten Einkäufen aus dem Supermarkt ergänzt hatte, auf dem Treppenabsatz ab, um die Hände frei zu haben. Dabei rutschte die Obsttüte weg, die ich auf einer der Taschen abgelegt hatte, sie fiel auf den Boden und Äpfel, Birnen und Litschis rollten auf das Abtrittgitter vor der Tür. Na, lecker. Während ich die Früchte wieder zurück in die Tüte einsammelte, tropfte mir der anhaltende Regen in den Nacken. Ich merkte, wie sich ein dumpfer Kopfschmerz hinter meiner Stirn ausbreitete. Wie so oft, wenn ich endlich ein freies Wochenende vor mir habe.

Ich suchte den Schlüssel, den ich eben noch in der Hand gehalten hatte. Ich konnte mich nicht erinnern, ihn in die Jacken- oder Hosentasche gesteckt zu haben. War er ebenfalls hingefallen? Ich suchte den Treppenabsatz ab. Nichts. Der Schlüsselbund hätte mir sofort auffallen müssen. Dann betrachtete ich die Obsttüte, betastete sie von außen. Tatsächlich: Ich hatte den Schlüssel mit in die Obsttüte gesteckt. Kannst du dir das vorstellen, Claudine? Ich war völlig von der Rolle.

Ich fischte den Bund mit inzwischen klamm gewordenen Fingern aus dem Beutel und war gerade dabei, den passenden Schlüssel herauszusuchen, als die Haustür schwungvoll aufgerissen wurde. Ich sah mich einem klein gewachsenen, etwa 40-jährigen Mann mit kurz geschorenem, dunklem Schädel und Dreitagebart gegenüber. Er hatte trotz der kalten und feuchten Witterung keine Strümpfe an den Füßen, trug nur ein Paar leichte Slipper. Das blaue Hemd über der Baumwollhose verbarg nur unzulänglich sein spitz zulaufendes Bäuchlein. Karl Decker, stellte er sich vor, wobei er mit ausgebreiteten Armen den gesamten Türeingang einnahm. Aus dem Erdgeschoss. Er wohne auf dem Grund dieses Hauses, erklärte er. Dabei ließ er ein herzhaftes Lachen erklingen. Er wollte mir helfen, als ich mich nach den Einkaufstaschen bückte. Aber ich bedeutete ihm, er solle mir nur die Tür aufhalten. Er trat zur Seite und hielt die Tür fest, so dass ich mich hindurch schlängeln konnte. Ich drehte mich noch in dem engen Hausflur um und versuchte eine Hand frei zu bekommen, um die vermeintlich hingehaltene Rechte von Karl zu schütteln und mich ebenfalls vorzustellen. Schließlich waren wir uns bisher noch nicht persönlich begegnet. Aber Karl rief schon ins Treppenhaus hinein: »Paul, kommst du?«

Die Tür zum Hinterhof, die bis dahin offen gestanden hatte, wurde lautstark geschlossen und Paul Seidel eilte, eine abgetragene Windjacke überziehend, in Richtung Haustür, wo ich im Durchzug stand. Er sah verstaubt aus und in seinem Haar hingen dunkle Bröckchen von Wandputz, so als habe er Renovierungsarbeiten durchgeführt.

»Ah, unser neuer Mieter«, grüßte er mich. Obwohl wir nun schon seit zwei Monaten im Grünen Haus wohnen, bezeichnet er uns immer noch als die *Neuen*. Und meinen Namen kann er sich anscheinend auch nicht merken.

»Fürs Wochenende eingekauft?«

Ich hob meine Taschen hoch, als wollte ich sie ihm präsentieren.

»Wir haben heute Abend Gäste, eine kleine Einweihungsfeier. Ich will etwas kochen.«

Er hob verwundert die buschigen Augenbrauen: »Bei uns gab es früher immer einen Kasten Altbier und Frikadellen. Das reichte.«

»Paul, lass den Jungen vorbei. Er hat noch zu tun«, stutzte Karl ihn gutmütig zurecht.

Er drängelte sich brummelnd an mir vorbei. »Viel Spaß dann heute Abend. Und seht zu, dass ihr nicht zu laut seid.«

Die Haustür fiel mit einem abgedämpften Poltern ins Schloss und ich konnte mich endlich in Richtung Treppe bewegen. Ich fragte mich, wie ich mit meiner Last die vier Etagen hoch schaffen sollte. Meine Beine und Füße taten weh, ich hatte mich den ganzen Tag während des Fotografierens nicht ein einziges Mal hinsetzen können. Ich bin froh, dass dieser Großauftrag endlich abgeschlossen ist. Wahrscheinlich wird der Kunde aber am Montag mit weiteren Änderungswünschen ankommen. Es ist immer so. Hintergrund, Beilagen, die Ausleuchtung oder die Farbe der Speisen gefallen ihm nicht. Nie ist ein Auftrag wirklich abgeschlossen.

Als ich die Dachgeschosswohnung erreichte, hatten die Kopfschmerzen zugenommen und sich zu einem stetigen Klopfen verstärkt, das in den Hinterkopf ausstrahlte. Ich verstaute zunächst die Vorräte und setzte dann erst einmal einen starken Kaffee auf. Nein, keinen Filterkaffee. Ich warte noch auf die Lieferung der italienischen Röstung von der Kaffeegesellschaft in Bremen. Und ich hatte auch nicht mehr die Energie und Geduld, zuzusehen, wie der Kaffee langsam und schonend durch den weißen Porzellanfilter tröpfelt. Diesmal gab es die schnelle Variante, Espresso. Passt immerhin zu dem geplanten italienischen Essen.

Inzwischen war ich so schlapp, dass das heiße Getränk nicht die erwartete und übliche belebende Wirkung hatte. Statt mich aufgeputscht zu fühlen, wurde ich noch müder. Ich rieb heftig Augen und Stirn, damit sich die Lider nicht mehr so schwer anfühlten, und kniff mich einige Male in die Ohrmuscheln. Das sollte belebend wirken. Ich raffte mich dazu auf, das Tiramisu zuzubereiten, damit es bis morgen gut durchgezogen ist. Dann konnte ich die Augen nicht mehr aufhalten. Ich nahm zwei Aspirin und als ich mich schließlich in dem abgedunkelten Schlafzimmer auf meine Hälfte des Bettes legte, sank mein Kopf schwer ins Kissen. Ich legte einen Unterarm über die Augen und spürte, wie sie vor Müdigkeit, vielleicht auch aus Erleichterung, tränten. Dann war ich weg und spürte nichts mehr.

Deshalb sehe ich jetzt so blass und angespannt aus, Claudine. Du hast mich geweckt. Hättest du nicht auf dem Handy angeklingelt, hätte ich unsere Skype-Verabredung verpasst. Kannst du mir noch einmal verzeihen? Claudine, Claudesse, meine Klaue?

Florian, wenn du so erzählst, kommt es mir vor, als führten wir immer noch eine Wochenendbeziehung. Du in Düsseldorf, ich hier in München oder im tiefsten Niederbayern. So ausführlich berichtest du bis ins kleinste Detail, was du heute erlebt hast. So als hätten wir uns seit Wochen nicht gesehen und gesprochen. Du schilderst mir deine Befindlichkeiten, als würden wir uns nicht morgen schon treffen. Was soll ich aus der Ferne tun? Dich bedauern?

Ich weiß, ich bin häufiger und länger auswärts unterwegs, als wir geplant hatten, aber die Gelegenheit, mit dem Seniorpartner auf Messe-Reise zu gehen, darf ich mir nicht entgehen lassen. Ich durfte schon, wenn auch nur nach Vorlage, Schriftsätze verfassen und einstweilige Verfügungen gegen Fälscher von Markenprodukten formulieren und sie auf der Designmesse zustellen. In der Anwaltskanzlei kann ich mich schon jetzt auf Marken-, Patent- und Designrecht spezialisieren. Diese Chance will ich nutzen. Im August und September geht es dann auf die Schuhmessen, dort werden die neuen Modelle vorgestellt, deren Design ich zuvor für unsere Akten erfasst und katalogisiert habe und die beim Markenregister angemeldet werden.

Flo, ich frage mich, ob wir die Einweihungsfeier nicht verschieben sollen. Du hast eine anstrengende Woche hinter dir, mehrere stressige Wochen sogar, du bist erschöpft. Ich bin viel gereist, möchte einmal ein Wochenende mit dir verbringen, ohne dass die freie Zeit verplant ist. Obwohl die Aussicht auf ein fertig zubereitetes italienisches Essen natürlich verlockend ist.

Du sagst, du hast Babs eingeladen. Aber ich hatte so gut wie keinen Kontakt mehr zu ihr, seit ich von Münster weggezogen bin. Sie hat mich kein einziges Mal in Freiburg besucht. Nein, wir sind nicht zerstritten. Bloß haben wir uns nichts zu erzählen. Gut, du hast recht, Babs war damals sauer, weil ich sie mit der Wohnung in Münster allein gelassen habe und sie so kurzfristig eine neue Mitbewohnerin finden musste. Aber das ist doch schon längst wieder vergessen.

Ich höre an deinem gereizten Tonfall, dass du die Einweihungsfeier unbedingt durchziehen willst. Also werde ich mich nicht weiter beschweren. Wir sehen uns morgen.

Von: Claw29@email.com
An: Gilla@Apotheke-Witt.de
Betreff: Nutzung der Mansarde

Hallo Frau Witt,

leider muss ich nochmals auf die Mansarde zurückkommen, die wir zusammen mit der Dachgeschosswohnung gemietet haben. Trotz Ihrer ausdrücklichen Zusagen und obwohl wir Sie und Herrn Seidel mehrmals darauf angesprochen haben, hat sich bisher an unserer Wohnsituation nichts geändert. Die Mansarde kann nicht betreten, geschweige denn genutzt werden.

Aber am Montag beginne ich meine Pflichtstation bei der Kammer für Handelssachen am Landgericht Düsseldorf. Ich hatte unglaubliches Glück dort angenommen zu werden, da es nur wenige Plätze gibt und eine strenge Auswahl getroffen wird. Ich werde von nun an häufig Akten bearbeiten müssen. Ich möchte mir die ausgebaute Dachkammer einrichten, um dort ungestört arbeiten zu können. Bitte kümmern Sie sich darum, dass die Mansarde endlich bezugsfertig gemacht wird.

Mit besten Grüßen

Von: Gilla@Apotheke-Witt.de
An: Claw29@email.com
Betreff: AW: Nutzung der Mansarde

Liebe Frau Bach,

es tut mir Leid, dass es zu dieser Verzögerung gekommen ist. Paul Seidel hat mir versprochen die Mansarde für Sie herzurichten. Am besten wenden Sie sich noch einmal direkt an ihn.

Ich wünsche Ihnen ein schönes Wochenende.

Viele Grüße

Von: Flo28@food-camera.com
An: Claw29@email.com
Betreff: Einweihungsfeier

Meine liebe Claudine,

du magst es nicht, wenn ich dir Emails schreibe, aber ich möchte dir meine Gedanken zu dem gestrigen Abend mitteilen. Und gerade sitze ich hier am Küchentisch und du im Wohnzimmer unserer kleinen Wohnung und diktierst etwas für deine Rechtsanwaltsakten. Musst du denn wirklich am Sonntag arbeiten? Wolltest du dich nicht entspannen und ein unverplantes Wochenende mit mir verbringen?

Seit gestern Abend bist du so weit entfernt von mir, unnahbar, unerreichbar, du tauchst vor meinem inneren Auge auf wie ein farbiges Puzzle aus grellem Licht, ständig in Bewegung, verdreht, verkehrt, und seitlich gekippt. Ich sehe dich wie durch ein Kaleidoskop, mehreckige Fragmente deines Wesens tauchen auf und ich bin unfähig, die einzelnen Facetten zusammenzusetzen. Und dabei wird mir schummerig und schwindelig.

Es muss an dem Rotwein gelegen haben, dass ich mich wie auf Watte getragen fühlte. Ich befand mich in einem Zustand der Zufriedenheit, gesättigt und wohlig warm. Die Kopfschmerzen, die mich auch gestern den ganzen Tag über bedrückt hatten, bemerkte ich fast gar nicht mehr. Nur fühlte ich mich seltsam distanziert von den anderen Personen, die um unseren Küchentisch herum saßen. Wie durch das umgekehrte Ende eines Fernrohrs erschienen mir deine und meine Gäste, die so gar nicht zueinander passen wollten: Martin in legerer Freizeitkleidung, in sich ruhend, Geschichten erzählend und ein guter Zuhörer. Neben ihm seine Frau Ute, still, ruhig und souverän. Ihnen gegenüber die overstylte Babs, mit dem neuesten Trendy-Haarschnitt versehen, die deine Schilderungen aus dem Büroalltag in der Anwaltskanzlei mit affektierten Bemerkungen versah. Daneben ihr Freund Markus, Junior-Chef in dem bekannten Wirtschaftsprüfungsunternehmen, wie er zu betonen sich nicht bemüßigte, in dem auch Babs arbeitet, als Fremdsprachen-Korrespondentin. Ein unzugänglicher Typ, der geringschätzig die von mir zubereiteten Speisen begutachtete und sich dann dreist über das Tiramisu hermachte, ohne sich mit einem der anderen Gäste zu unterhalten. Sie waren wohl unter seinem Niveau. Und du saßest dazwischen und ich fragte mich, wie du es fertig brachtest, beiden Seiten Beachtung zu schenken und Smalltalk mit ihnen zu führen.

Ich schenkte mir ständig Rotwein nach, obwohl ich wusste, dass der Alkohol die Wirkung der Schmerztabletten noch verstärken würde. Als ich versuchte, Blickkontakt mit dir aufzunehmen, wirktest du dennoch seltsam angespannt und verkrampft. Mir wurde bewusst, dass wir uns die gesamte Woche über kaum gesehen hatten und ich wünschte mir plötzlich, dass wir mehr Zeit miteinander verbringen würden. Aber du hattest dich gleich zu Anfang des Abends an die gegenüberliegende Tischseite gesetzt und dich ganz deiner Freundin (oder ehemaligen Freundin?) Babs gewidmet.

Plötzlich ließ sich Markus über Altbauten aus der Gründerzeit aus. Über die Gebäudesubstanz und darüber, dass für das Grüne Haus dauerhafte Baustoffe verwendet worden seien, hauptsächlich Sandstein, Holz und Stahlträger. Das halte jahrhundertelang. Ich machte ihn darauf aufmerksam, dass sich die Materialien über die Jahrzehnte verzogen hätten. Der Boden in der Küche ist so schief, dass die Türen an den Schränken nicht gleichmäßig schließen. Und richtig isoliert ist das Haus auch nicht.

»Es zieht. Vor allem im Treppenhaus«, hast du dich in das Gespräch eingemischt und ein gepresstes Lachen ausgestoßen, das ich noch nie von dir gehört hatte.

»Obwohl ich manchmal glaube, es ist gar nicht der Wind, der durch das Dachgeschoss zieht, sondern etwas anderes.« Nach einer kleinen dramatischen Kunstpause fuhrst du zögernd fort: »Manchmal kommt es mir so vor, als hinge der Geist der vorherigen Bewohner noch in diesen Wänden.«

Deine Wangen waren gerötet und ich wusste nicht, ob vom Wein oder von deiner Geschichte.

»An dem Tag, als wir die Wohnung besichtigten, hatte ich eine Empfindung, als wäre jemand anwesend, der mich beobachtet. Ich kam die Treppe zum Dachgeschoss herauf und spürte einen Hauch auf meiner Wange.«

»Das kann der Durchzug gewesen sein«, warf ich ein, »ein nicht abgedichtetes Fenster.«

»In der gesamten Wohnung war eine seltsame Atmosphäre«, sprachst du weiter, ohne auf meine Bemerkung einzugehen.

»Und eines Nachts hatte ich ein seltsames Erlebnis. Eigentlich war es eine Erscheinung.« Noch immer schautest du mir nicht in die Augen. »Ich saß spät abends am Schreibtisch. Mir waren schon mehrmals vor Erschöpfung die Augen zugefallen, aber als ich mich schließlich hinlegte, war ich so übermüdet und überdreht, dass ich nicht einschlafen konnte. Jeder Nerv war angespannt und ich war hellwach.«

Du nipptest an deinem Glas. Mir fiel auf, dass auch du bereits mehr als die übliche Menge Wein zu dir genommen hattest. Während deine Finger mit dem Stiel des Weinkelches spielten, erzähltest du:

»Irgendwann muss ich dann doch eingenickt sein. Ich erinnere mich, dass ich intensiv geträumt habe und durch einen Laut wach wurde. Es kann auch an der ungewohnten Umgebung und an den Geräuschen gelegen haben, die aus dem Treppenhaus kamen, und dass ich nicht so tief wie sonst geschlafen habe. Jedenfalls war ich noch in diesem schwebenden Zustand zwischen Schlafen und Wachen, als ich eine leise Stimme meinen Namen sagen hörte.«

Nun hatten auch Martin und Ute ihre Unterhaltung beendet und lauschten bereitwillig deiner Erzählung.

»Vielleicht hast du noch geträumt«, vermutete ich. Und Ute schloss sich an: »Es ist doch manchmal so, wenn man noch nicht wieder voll zu Bewusstsein gekommen ist, dass man noch die Bilder des Traums sieht.«

Ich nickte: »Manchmal verfolgen mich die Gefühle und die Stimmung eines Traums noch den ganzen Tag.«

»So war es aber nicht«, warfst du ungeduldig ein. »Ich war sofort hellwach, nachdem ich die Stimme gehört hatte. Ich konzentrierte mich darauf, genau hinzuhören, und überlegte, woher sie wohl gekommen war, als die Stimme erneut erklang. *Claudia*, hörte ich klar und deutlich, und jemand berührte mich an der Fußspitze, die unter der Bettdecke hervorschaute.«

Babs kicherte hysterisch. »Das hast du dir ausgedacht!«

Du schautest sie beleidigt, aber auch leicht verwirrt an. »Nein. So habe ich es erlebt«, beharrtest du. »Ich habe deutlich den Kontakt auf der nackten Haut gespürt, so als wollte jemand auf sich aufmerksam machen.«

Am Tisch war es plötzlich still. Nur Ute verschränkte die Arme vor der Brust und stellte fest: »Du warst sicher noch schlaftrunken und benommen von deinem Traum und musstest dich erst orientieren.«

Martin beugte sich interessiert vor: »Es gibt doch so etwas wie luzide Träume. Du glaubst, du wärst wach, tatsächlich aber träumst du.«

»Es gibt bestimmt eine völlig vernünftige Erklärung dafür«, mischte sich Markus ein, seine Mundwinkel wieder verächtlich nach unten gezogen.

»Vielleicht spürst du etwas, was andere nicht wahrnehmen können, bist besonders feinfühlig für Stimmungen und Schwingungen«, versuchte es Martin wieder.

»Unsinn!« Verärgert standest du auf und gingst zur Vorratskammer, um eine neue Flasche Wein zu holen.

»Das glaube ich aber auch nicht«, ließ sich Babs zum ersten Mal vernehmen. »Claudia ist die vernunftbegabteste Frau, die ich kenne. Sie würde sich so etwas nicht einbilden.«

»Vernunftbetont«, wurde sie von Markus verbessert.

»Es redet ja niemand davon, dass du dir alles nur eingebildet hast.« Ich folgte dir mit den Augen, als du dich wieder an den Tisch setztest. Du hieltest mir die Weinflasche hin mit der stummen Aufforderung sie zu öffnen. »Aber es kann wohl kaum wirklich jemand in unserem Schlafzimmer gewesen sein, oder?« Als ich sprach, hallte meine Stimme eigenartig nach, so als habe der Raum sich geweitet und als zöge er sich wieder zusammen. Mir kam es vor, als würdest du von mir weggezogen werden. »Ich jedenfalls habe nichts von dem bemerkt, was du gerade erzählt hast«, sagte ich in den hallenden Raum hinein.

Deine Augen funkelten mich wütend an. »Ich habe in der Nacht eine Anwesenheit gemerkt, so als wäre gerade jemand im Raum gewesen. Diese Person kannte mich, wusste meinen Namen und wollte etwas von mir.«

In der Runde herrschte betretenes Schweigen. Dann unternahm Ute einen Versuch zu beschwichtigen: »Ich glaube kaum, dass es ein Geist war, der hier im Haus herum spukt. Wahrscheinlich stimmt von allem, was wir gesagt haben, ein bisschen.«

Dann folgte ein Themenwechsel. Und ich weiß bis jetzt nicht, was sich dort an unserem Küchentisch abgespielt hat. Was ist in dich gefahren? Was wolltest du mir mitteilen? Und warum haben wir seither nicht mehr darüber gesprochen?

Ich bringe die Farben nicht in Einklang, das Grün und das Rot stehen sich komplementär gegenüber, verschmelzen nicht und gelangen nicht in Übereinstimmung.

Paul

Paul räumt auf. Die Holztür zum Schuppen im Hof ist weit geöffnet, damit die frische Frühlingsluft eindringen und den muffigen Geruch nach abgestandenen Gartengeräten und verrotteten Pflanzenresten verscheuchen kann. Sie ist nach dem langen schneereichen Winter verzogen und scharrt über den ausgelegten Plattenboden.

Den gesamten Vormittag hat Paul damit zugebracht, die Gerätschaften und Werkzeuge zu säubern und an ihren Platz zurückzustellen. Er hat den Schuppen von Spinnweben und den Hinterlassenschaften anderer Insekten befreit, die Werkbank geputzt und den Boden gekehrt. Das Leuchtmittel in der Arbeitslampe musste ausgewechselt und der Handbesen erneuert werden.

Nun kramt er in dem Regal, in dem er akribisch geordnet sein Angelzeug und die Utensilien für den Fischsport untergebracht hat. Die Angelruten, Haken, Köder und Blinker sind noch in Ordnung, er hat sie erst im Herbst neu sortiert, aber bei der grünen Regenplane muss er überprüfen, ob sie noch eine weitere Saison überstehen kann.

Paul angelt gern am Flussufer, an einem Seitenarm des Rheins in der Nähe des Hafens. Unterhalb des Golfplatzes liegt ein Sandstrand, den er am frühen Morgen für sich alleine hat. Die knorrigen windschiefen Erlen reichen bis an die Wassergrenze und gewähren ihm Schutz vor Sonne und Regen. Dort stellt er seinen Camping-Klappstuhl auf und füttert die Raubfische an, Barben und Brasse, die sich meist in Bodennähe in starker Strömung aufhalten. Sie sind leicht zu fangen. Auch einen Rheinkarpfen hatte er schon an der Angel, aber das war ein absoluter Ausnahmefang.

Früher hat Paul im Verein geangelt. Mit dem Fahrrad ist er auf die andere Rheinseite gefahren, den Deich entlang bis nach Heerdt. In einer Kleingartensiedlung trafen sich die Vereinsmitglieder, um in dem anliegenden Teich Karpfen zu fangen.

Johannes fragte ihn damals nach dem Sinn des Ganzen: »Warum setzt ihr Fische im Teich aus, nur um sie zu angeln und sie anschließend wieder ins Wasser zurückzuwerfen?«

Er hatte nicht begriffen, dass es sich um Sport handelte. Es ging um Größe und Gewicht des Fangs. Nur Paul nahm die Fische mit nach Hause um sie zu braten. Sie schmeckten moderig und nach brackigem Wasser.

Seit Johannes tot ist, angelt Paul am Rhein. Lebende Fische, die er tötet, nachdem er sie gefangen hat. Manchmal isst er sie auch.

Paul nimmt die Regenplane aus dem Regal und wickelt sie auseinander. Sie hat an einigen Stellen feuchte Stockflecke. Er wird die Decke auf dem Balkon ausbreiten und ein paar Tage in der Sonne trocknen lassen, dann wird er sie weiter benutzen können. Er faltet das Zelttuch wieder sorgfältig zusammen, verschnürt es und legt es auf einen Hocker, damit er es gleich mit nach oben nehmen kann.

Zuvor will er sich aber noch um etwas anderes kümmern. Eben, als er an seine Angelfahrten nach Heerdt dachte, ist ihm wieder eingefallen, dass im Schuppen immer noch Johannes' Fahrrad steht, gut versteckt hinter einem Verschlag. Er will nicht daran erinnert werden. Aber es ist noch da. Paul kann den Flitzer mit den breiten Profilreifen hinter der behelfsmäßigen Holztür erkennen. Nur der Hinterreifen hat Luft verloren, ansonsten ist das Rad noch zu gebrauchen. Aber niemand ist da, der es aus dem Hof durch den Hausflur und hinaus auf die Straße schieben wird, der sich auf seinen Sattel schwingt und davon braust.

Johannes ist regelmäßig mit dem Rad gefahren, auch am Rhein entlang, aber meist in die entgegengesetzte Richtung, nach Norden, zum Fußballstadion. Das war, bevor er absackte und den Boden unter den Füßen verlor.

Johannes fuhr zu jedem Heimspiel der Fortuna. Er wollte dazugehören, wenn die Fans im Pulk unter den hohen Pappeln und Kastanienbäumen dahin rasten, die rot-weiß gestreiften Schals im Fahrtwind wehend, in heller Vorfreude auf das bevorstehende Spiel. Auf der Hälfte der Strecke machten sie Halt, um am Büdchen gegenüber dem Ehrenhof ein oder zwei Flaschen Bier zum Vorglühen zu trinken und dann die Stimmung in der gut gefüllten Arena zu genießen.

Paul fragt sich, woher der Begriff *Vorglühen* kommt. Zu seiner Zeit hieß es einfach nur *ein Bierchen trinken*. Und das tut er auch heute noch gerne: gepflegt ein kühles Alt schlürfen und dabei die Sportschau gucken. Ihn selbst interessieren nur die Bundesliga und die Champions-League. Und das auch nur, wenn Bayern München spielt.

Paul schüttelt in Gedanken den Kopf. Johannes glaubte, er gehörte dazu, dabei fuhr er nur immer hinter den anderen her, ohne sie je einholen zu können. Paul sieht Johannes vor sich, wie er im Dunkeln auf dem breiten Fahrradweg dahin radelt, vorbei an der Altstadt und den Rheinwiesen, er kommt zügig voran, muss sich kaum anstrengen, der Wind im Rücken schiebt ihn vor sich her. Vor ihm erstreckt sich die Pappelallee, die Baumspitzen zu einem schützenden Dach einander zugewandt. Johannes fährt wie durch einen Tunnel, der nur unzulänglich von seiner Fahrradleuchte erhellt wird. In einiger Entfernung sieht er die roten Rückleuchten anderer Radfahrer vor sich, Orientierungslampen. Johannes flitzt an den Bäumen und Sträuchern vorbei, überholt Spaziergänger und Jogger, sieht aus dem Augenwinkel heraus die Autos auf der parallel verlaufenden Hauptstraße an sich vorüberziehen, die ihrerseits an den Häusern vorbeirauschen. Aber die Radfahrer vor sich holt er nicht ein. Der Abstand bleibt immer gleich. Und so entsteht das Gefühl, mit hoher Geschwindigkeit vorwärts zu gleiten, zugleich aber nicht von der Stelle zu kommen. Es ist, als bewege er sich durch Raum und Zeit, kann aber dem geschlossenen, dem ihn umgebenden Raum nicht entkommen. Nur der Rhein fließt in gleich bleibender Geschwindigkeit beständig neben ihm her.

Paul unterbricht sich. Er darf diese Gedanken nicht zulassen. Schnell verschließt er den Verschlag und stellt einen Sack Blumenerde davor. Er hat nicht die Kraft oder Energie, sich heute um das Fahrrad zu kümmern und es zu reparieren. Er weiß ohnehin nicht, was er damit anfangen soll.

Hastig sucht er noch etwas Werkzeug heraus. Er hat Karl versprochen, ihm morgen bei der Verlegung einer neuen elektrischen Leitung in den Praxisräumen zu helfen. Karl möchte dort Seminare abhalten und dafür eine angenehmere, dezentere Beleuchtung schaffen. Endlich hat Paul sich auch getraut Karl zu fragen, was für eine Art von Seminaren er eigentlich dort im Erdgeschoss abhält. Dabei hat er erfahren, dass Karl sich Schamane nennt, und weil Paul nicht wusste, was ein Schamane ist, erklärte ihm Karl, es handele sich um eine Art Kommunikationstraining, er leite Kurse zur Persönlichkeitsentwicklung für Manager, oder so etwas in der Art. Genau hat Paul es immer noch nicht verstanden. Aber er findet es schon seltsam, dass Führungspersönlichkeiten solche Trainings nötig haben. Sollten sie die Fähigkeit zur Leitung nicht schon von vornherein mitbringen, wenn sie solche hohen Stellungen im Wirtschaftsleben ausüben?

Grummelnd packt Paul alles zusammen, was er mit hoch in seine Wohnung nehmen will, dabei wird ihm wieder leicht schwindelig, so wie heute Morgen, als er länger als gewöhnlich am Frühstückstisch sitzen bleiben und eine Tasse Kaffee mehr als üblich trinken musste, bis das Koffein durch die Adern gepumpt wurde und das Rauschen in den Ohren nachließ.

Er löscht das Licht und verschließt sorgfältig die Schuppentür. Beim Verlassen des Hofs achtet er darauf, auch die Lampe über der Toreinfahrt auszuschalten. Dann steigt er bedächtig die Treppe zum zweiten Stockwerk hinauf.

Der Schnee war innerhalb von drei Tagen fast vollständig verschwunden gewesen. Der Untergrund hatte sich von der dämpfenden weiß-grauen Decke befreit. Auf seinen täglichen Spaziergängen im Park sah Paul zunächst nur nackte Erde, fahl und erstarrt, niedergedrücktes Gras, leblos, hell gebleicht. Er sah nackte Bürgersteige, von Salz und Streu weißlich vernarbt, befleckt. Bäume, die grau und mager ihre dürren Äste und Zweige in die Luft streckten, auf der Suche nach den milchig-weißen Strahlen einer bleichen, kraftlosen Sonne. Vertrocknete Beeren an leeren Ästen.

Aber heute Nachmittag lugen schon die Spitzen der ersten Krokusse, Narzissen und Schneeglöckchen aus dem Gras hervor. An den Büschen sind zarte, hellgrüne Knospen erkennbar, vorsichtige Boten des Frühlings. Bald werden die kleinen Entenküken im Zickzack-Kurs über die glatte Wasserfläche des Teichs flitzen, dem

Ruf ihrer Mutter folgend, auf der Suche nach Entengrütze.

Paul überquert die Brücke und wendet sich nach
rechts. Am Rand der Wiese, unter der Eberesche, kann
er die Gedenkstelle sehen, bloßgelegt, der kleine Erd-
hügel braun und von verdorrten Grashalmen, verwelkten Blättern und Blumen bedeckt, das Holzkreuz darauf steht schief.

Davor ist eine ältere Frau damit beschäftigt, den
kleinen gepflasterten Platz zu fegen und ihn von Blättern und Zweigen zu befreien. Sie richtet das Beet für
den Frühling her. Auf einer der Bänke vor der Hecke
aus Stechpalmen sitzen zwei Trinkbrüder. Unbeeindruckt von der Märzfrische haben sie sich niedergelassen. Sie sind wieder da. So als wäre nichts passiert.
Sprüche klopfend stecken sie ihr Revier ab. Nur einer
ist nicht mehr dabei. Und ein anderer wird nicht wie-
derkommen.

Aber die Frau lässt sich von dem Geplänkel nicht
beeindrucken. Völlig unbeirrt beendet sie ihre Arbeit,
richtet sich auf und bringt den aufgesammelten
Schmutz zum Abfalleimer. Sie hält sich stolz aufrecht.

Es ist Frau Gruber. Paul hätte sie beinahe nicht erkannt, weil sie ihren Hund nicht dabei hat, einen ge-
scheckten, etwas in die Jahre gekommenen Mischling,
den sie zwei Mal am Tag ausführt. Und sie hat eine
andere Frisur, ihre Haare sind erdfarben, fast blond,
nicht mehr mausgrau.

Frau Gruber wohnt in derselben Straße wie Paul. Sie
war es, die damals im Sommer Johannes entdeckt hat,

im Unterholz neben dem Teich, leblos und blutend. Frau Gruber. Ihr Hund hatte am Gebüsch angeschlagen, in dem Johannes lag.

Paul schwankt leicht und macht einen Schritt zurück, muss sich am Brückengeländer festhalten.

Es ist nicht seine eigene Erinnerung. Aber er hat es in der Zeitung gelesen. Überall war Blut. Blutspuren auf der Bank, auf der Johannes am Abend zuvor gesessen hatte, und Blut auf seinem Rücken und in seinem Gesicht. Man konnte Johannes zunächst nicht identifizieren. Mit 26 heftigen Stichen war er verletzt worden, so dass er schließlich im Gebüsch verblutet war. Es war ein langer und qualvoller Tod gewesen.

Frau Gruber schließt den Deckel des Abfalleimers, reibt sich die Hände sauber und nickt Paul zu, der immer noch am Fuß der Brücke neben der Buchsbaumhecke steht und nicht weiß, ob er sich bewegen soll oder nicht. Ob er grüßen soll oder nicht. Nun, da sie ihn bemerkt hat, kann er schlecht weggehen und so tun, als habe er sie nicht erkannt.

»Wo haben Sie Ihren Hund gelassen?«, spricht er den ersten Gedanken aus, der ihm in den Sinn kommt. In seinen Ohren klingt seine Stimme grantig.

Frau Gruber kommt auf ihn zu und senkt den Kopf. »Rex musste ich einschläfern lassen. Hatte Krebs, der arme Kerl. Wollte ihm die Schmerzen ersparen.«

»Legen Sie sich einen neuen Hund zu.«

Sie schüttelt so heftig den Kopf, dass die zu einem Bob geschnittenen Haare ihr ins Gesicht schwingen. Nun schaut sie Paul an.

»Ich will meinen langjährigen Weggefährten nicht einfach ersetzen. Habe auch nicht sofort wieder geheiratet, nachdem mein Mann gestorben war. Ich brauche Zeit zum Trauern.«

Sie blickt zum Magnolienbaum hinüber, der auf der Halbinsel auf der anderen Seite des Teichs steht und seine rotbraunen Äste sehnsüchtig dem fahlen Märzlicht entgegenstreckt.

»Bald wird es einen hellen Blütenregen geben.«

Wie selbstverständlich hängt sie sich bei Paul ein, so als wüsste sie, dass sie ihn stützen muss, und zieht ihn mit sich, den Rundweg um den Teich entlang. Paul lässt sich von ihr führen und bald gleichen sich ihre Schritte an.

Helene Gruber beginnt zu erzählen. Dass sie zunächst Angst hatte, den Park wieder zu betreten. Dass sie immer wieder die schlimmen Bilder vor Augen hatte. Rex, der anschlug, sich gar nicht mehr beruhigen mochte, und wie sie den leblosen Johannes vor sich im Gebüsch liegen sah. Aber sie hat sich von dieser Angst nicht niederdrücken lassen wollen.

»Ich wollte ihnen nicht erlauben, Macht über mich zu besitzen«, sagt sie mit Bestimmtheit und Paul weiß, dass sie die Trinkbrüder meint.

»Also kam ich wieder her. Mit jedem Mal fiel es mir leichter.«

Sie blickt Paul von der Seite an, der steif neben ihr her geht, den Blick starr nach vorne gerichtet.

»Ich komme immer wieder her. Genau wie Sie.«

Paul schwankt einen Augenblick lang, so als sei ihm wieder schwindelig. »Jeden Tag komme ich her, aber ich kann nicht hinsehen.« Es fällt ihm schwer zu sprechen. Seine Brust ist plötzlich eng geworden.

»Heute haben Sie herübergeschaut.« Frau Gruber drückt seinen Oberarm, dort in der Armbeuge, wo sie ihre Hand hineingeschoben hat. An der Stelle breitet sich eine unbekannte Wärme aus. Paul lässt die Luft, die er unbewusst angehalten hat, herausströmen. Sofort weitet sich sein Brustkorb wieder.

Er nickt und schreitet mit neuer Kraft voran.

»Wir sollten das Holzkreuz auf der Gedenkstelle wieder aufrichten.«

Sie bleibt stehen und schaut ihn forschend an. »Das ist eine sehr gute Idee.«

Paul überwindet seine Verlegenheit und klopft mit seiner freien linken Hand ihre Finger, die immer noch in seiner Armbeuge liegen.

»Wenn Sie möchten, helfe ich Ihnen auch, das Beet an der Gedenkstelle neu zu bepflanzen.«

Ihre Wangen legen sich in kleine zarte Falten, als ein Lächeln über ihr Gesicht zieht. »Das würde mir sehr viel Freude bereiten.«

Und sie schiebt ihn weiter, den Weg zum Magnolienbaum entlang.

Gilla

Sylvia wartet schon auf dem Bahnsteig auf mich. Sie hält zwei Becher Kaffee in den Händen, die mit dem praktischen Trinkaufsatz zum Mitnehmen. Sie ist immer pünktlich und gut organisiert. Ich habe es wieder einmal nicht geschafft, rechtzeitig am vereinbarten Treffpunkt zu sein. Und das, obwohl ich frühzeitig losgegangen bin, um alles in Ruhe erledigen zu können und dann entspannt mit der Straßenbahn zum Hauptbahnhof zu fahren. Aber ich habe mich länger in der Apotheke aufgehalten, als ich ursprünglich vorhatte. Frau Breuer, die neue Mitarbeiterin, benötigte eine längere Einweisung und ich bin mir immer noch nicht sicher, ob es richtig ist, ihr bis Montag allein die Leitung des Ladens zu überlassen.

Dann kam noch Frau Gruber vorbei und wollte eine Beratung zu einem Arzneimittel, das der Hausarzt ihr verschrieben hatte. In aller Ausführlichkeit schilderte sie mir ihre Beschwerden, während ich mich bemühte, ruhig und höflich zu bleiben. Die Kunden in einer Apotheke sind zugleich Patienten und bedürfen der Zuwendung, brauchen Verständnis. Schließlich musste ich ein Taxi rufen, sonst wäre ich nicht mehr beizeiten angekommen, um den Zug mitzukriegen.

Sylvia hält mir mit einem vorwurfsvollen Blick den größeren Becher hin, Cappuccino. Er ist noch heiß. Ich stelle den Becher auf meinem Koffer ab und hole erst einmal einen Spiegel aus meiner Handtasche. Mein Gesicht ist voller roter Flecken und glänzt verschwitzt. Mit der freien Hand versuche ich meine Haare zu richten, die wieder aus der Spange gerutscht sind, und erneuere den Lidstrich über meinen Augen. Als ich die Lippen nachziehe, fluche ich zum tausendsten Mal darüber, dass meine untere Lippe voller ist als die Oberlippe und dass es mir deshalb nie gelingt, den Lippenstift gleichmäßig aufzutragen.

Sylvia ist aufgebracht, sagt aber kein Wort. Sie lässt mich spüren, dass ich auf ihre Gesellschaft angewiesen bin, nicht umgekehrt. Hätte sie einen Job wie ich, müsste eine Apotheke mit drei Mitarbeiterinnen leiten und ein Mietshaus mit sechs Bewohnern führen, dann wäre auch sie abgehetzt und würde nicht so überheblich auf mich herabblicken. Aber sie ist nur eine dieser gelangweilten Buchhalterinnen in einem der Wirtschaftsprüfungsunternehmen, die derzeit die Stadt überfluten.

Entschuldigend lächele ich sie mit meinen überschminkten Lippen an. Der Zug fährt ein. Den Cappuccino werde ich an meinem Platz trinken, wenn wir es uns endlich gemütlich gemacht haben und die Fahrt beginnt.

»Willi ist nie mit mir im Zug verreist«, sage ich, während ich aus dem Fenster schaue und zum ersten Mal in meinem Leben an der steilen Kurve den Rhein entlang und an der Loreley vorbeifahre. »Er wollte immer so schnell wie möglich am Ziel sein, deshalb nahm er lieber das Auto. Er raste jedes Mal auf der Autobahn dahin. Ich war viel zu sehr damit beschäftigt den Verkehr zu beobachten und darauf, dass kein Lkw ausschwenkte, den wir gerade überholten, dass ich von der Landschaft nichts mitbekam.«

Ich nehme einen Schluck Sekt. Da mir durch die vielen Kurven den Rhein entlang etwas schummerig geworden ist, habe ich mir einen Piccolo bestellt, den der Schaffner mir freundlicherweise an den Platz gebracht hat. Sylvia schweigt, nickt verständnisvoll mit dem Kopf und betrachtet den Fluss, der sich grau und aufgewühlt dahin wälzt.

Ich verreise gerne, aber es macht mich auch ein wenig traurig, von zu Hause weg zu gehen, von meinem geliebten Grünen Haus, das ich immer noch so nenne, obwohl es inzwischen cremefarben gestrichen ist. Ich sage Sylvia nicht, dass es mir schwer fällt, an einen anderen, unbekannten Ort zu fahren. Sie nimmt alles so gelassen und selbstverständlich. Sicherlich hält sie mich für albern.

In Stuttgart steigen wir in einen Regionalzug um, der an einem entlegenen Gleis abfährt, das wir fast nicht gefunden hätten, weil sich der Haltepunkt am äußersten Ende des Bahnsteigs befindet. Mittlerweile ist es später Nachmittag und es dämmert bereits. Wir fahren in die beginnende Dunkelheit hinein. Sylvia redet immer noch nicht viel. Deshalb schaue ich wieder aus dem Fenster, blicke aber nur in mein eigenes Spiegelbild, dahinter undurchdringliche Dunkelheit.

Im Gegensatz dazu herrscht im Inneren des Zugs gleißende Helligkeit. Ich verliere jedes Gefühl für Zeit und Raum, weiß nicht, wie die Stationen heißen, die noch nicht einmal einen richtigen Bahnhof haben und an denen der Zug nur anhält, wenn der Haltewunsch bedient wird. Ich weiß nicht, welche Strecke wir schon zurückgelegt haben, und welche noch vor uns liegt. Ich versuche, so gelassen wie Sylvia zu sein und mich treiben zu lassen.

Ich hoffe nur, Sylvia weiß, wo wir aussteigen müssen. Ich stelle mir vor, dass wir nicht an unserem Ziel ankommen, dass wir irgendwo in einem einsamen Kaff landen, mitten in der Nacht und allein in weiter dunkler Landschaft, die wenigen Häuser unbeleuchtet, weil die Menschen darin schon schlafen gegangen sind.

Aber meine Sorge vergeht, als wir in einen etwas größeren Bahnhof einfahren und unser Zug parallel zu einer anderen Bahn zum Halten kommt, die Türen sich fast gleichzeitig öffnen und sich eine Gruppe emsiger und eiliger Menschen, wie der realen Welt entsprungen, auf unseren fast leeren, verschlafenen Zug zu bewegt und ihn mit ihrer Energie und Willenskraft füllt. Diese Menschen jedenfalls vermitteln den Eindruck, als wüssten sie genau, wo sie hin wollen. Einige von ihnen bleiben im Eingangsbereich stehen, wo sie die Türen blockieren. Aber ein Mann mit schulterlangen, schon ein wenig ergrauten Haaren drängt sich den Gang durch zu unserer Sitzgruppe. Ohne zu fragen, ob der

Platz frei ist, stellt er seine Reisetasche zwischen unseren Füßen auf dem Boden ab und die Gitarrentasche, die er auf dem Rücken getragen hat, auf den freien Platz neben mir.

Sylvia, die die Fahrt bis hierher kaum mit mir gesprochen hat und deren Gesichtsausdruck gleich bleibend, fast starr verhaftet ist, reckt plötzlich den Hals und wendet ihr Gesicht erwartungsvoll dem neuen Fahrgast zu. Er beachtet sie auch sofort und lässt sich neben ihr auf den Sitz fallen.

»Dein Gesicht kenne ich«, ruft er freudig aus. Seine Stimme hat einen südlich klingenden Akzent (bayerisch? schweizerisch? österreichisch?). »Du warst voriges Jahr auch auf der Tagung.« Er streicht sich den langen Pony hinter das Ohr.

Sylvia bringt zum ersten Mal am heutigen Tag ein Lächeln zustande. »Im vorigen Jahr und in dem Jahr davor. Deine Konzerte habe ich mir auch angehört.«

Der Mann betrachtet sie nachdenklich.

»Warst du nicht sogar in meinem Seminar, *Lieder des Herzens*?«

Sylvia lacht geschmeichelt auf. Aber als sie antwortet, klingt sie ein wenig anmaßend.

»Ich dachte, ich könnte in deinem Workshop noch etwas dazu lernen.«

Der Mann erwidert Sylvias kleine Spitze mit einem leicht ironischen Tonfall: »Ich konnte dir also nichts mehr beibringen?«

Wirkte er eben noch aufgedreht und angespannt, so sitzt er nun zurückgelehnt, fast gelöst auf dem Sitz neben Sylvia, aber dennoch aufrecht, die Hände locker auf den Oberschenkeln ruhend.

»Ich hatte erwartet, wir würden in deinem Workshop mehr meditative Lieder singen, Mantren, die zur inneren Einkehr führen.«

Der Gesangslehrer – oder wie soll ich ihn nennen? Liedermacher? – lässt sich von Sylvias versteckter Kritik nicht beeindrucken.

»Ich denke schon, dass meine Songs spirituell sind. Aber ich finde es ebenso wichtig, bodenständig, geerdet zu bleiben. Der Spaß darf dabei nicht verloren gehen.«

Nun höre ich deutlich den schwyzerdütschen Akzent heraus. Er beugt sich leicht vor, um Sylvia besser ansehen zu können. Dabei fällt ihm die dichte Haarsträhne wieder seitlich ins Gesicht.

»Wenn du das Bedürfnis nach Meditation und Vertiefung hast, dann wäre vielleicht der Gesangs-Workshop von Shabayata etwas für dich.«

Sylvia lächelt wieder ihr schiefes, wie künstlich aufgesetztes Lächeln.

»Tatsächlich besuchen wir genau deshalb die Tagung, um an Shabayatas Workshop teilzunehmen.«

Nun wendet sich der Musikmacher an mich, betrachtet mich eindringlich, fixiert mich. Sein Blick hält mich fest. Etwas ist seltsam an seinen Augen. Sie sind stahlblau und leuchtend, wechseln beinahe ins Türkisfarbene. Dann bemerke ich, dass nur das rechte Auge diesen weichen und doch klaren Ton annimmt, während das linke Auge grün-grau ist, irgendwie verschwommen. Er hat zwei unterschiedliche Augenfarben. Ich bin irritiert und weiß nicht, wohin ich schauen soll. Ich fühle mich auf zwei unterschiedliche Weisen widergespiegelt.

»Dich kenne ich aber, glaube ich, noch nicht.«

Er hält mir seine Hand hin, die sich warm und kräftig anfühlt. »Ich bin Marcel.«

Um seine Augen herum bildet sich ein feines Netz aus Fältchen. Nun wirken beide Augen grün.

»Gilla.«

»Kommst du auch zum Meditieren?«

Ich lache mein schrilles Lachen, diesen viel zu hohen dünnen und gequälten Laut, der immer dann aus meinem Mund kommt, wenn ich souverän klingen will, mich aber unwohl und unsicher fühle. Ich weiß das schon seit Jahren, kann es aber nicht abstellen. Häufig passiert mir dieses Hervorstoßen hysterischer Töne, wenn ein Pharmavertreter in meiner Apotheke erscheint.

»Ich bin das erste Mal dabei. Ich will mich überraschen lassen.«

»Das ist die richtige Einstellung.« Die Fältchen um Marcels Augen vertiefen sich. Nun schmunzeln auch seine Lippen mit.

»Wenn du offen für alles bist, kannst du auch nicht enttäuscht werden und dir werden sich möglicherweise unerwartete Dinge zeigen. Vielleicht magst du gerne an meinem Seminar *Lieder des Herzens* teilnehmen und noch etwas lernen.«

Ich bin kurz davor, impulsiv und begeistert zuzusagen. Aber ich möchte Sylvia nicht verärgern. Ich schaue sie fragend an und tatsächlich wirft sie mir hinter ihren Ponyfransen einen warnenden Blick zu.

»Ich werde mir erst das Programm ansehen und dann entscheiden. Danke für das Angebot.«

Meditation ist eine spirituelle Praxis und bedeutet so viel wie *Nachdenken, Nachsinnen, Überlegen*. Der Geist soll sich beruhigen und sammeln, der angestrebte Bewusstseinszustand ist das Eins-Sein im Hier und Jetzt, frei von Gedanken. Da vor allem uns Menschen aus dem westlichen Kulturkreis dieses Abschalten vom Alltäglichen schwer fällt, sollen uns rhythmische Klänge und Musik die Meditation erleichtern. Eine Methode ist das Rezitieren oder Singen von Mantren. Sylvia nennt es meditatives Singen, für unseren Chorleiter Shabayata heißt es *Chanting*.

Als wir in einem unregelmäßigen Kreis in dem verdunkelten Seminarraum sitzen, der kein vollständiger Kreis ist, da die Gesangsschüler einen respektvollen Abstand zu dem Leiter halten und diesem lieber die Stirn bieten als ihr Profil, fühle ich mich an die Szene in dem Film von Doris Dörrie, *Alles ist erleuchtet*, erinnert, denn Shabayata beginnt mit geschlossenen Augen vor sich hin zu brummen. Der Ton steigt unmittelbar aus seinem beachtlichen Bauch auf, den ich als Bierbauch bezeichnen würde, wenn ich nicht wüsste, dass Shabayata ein Erleuchteter ist, ein Heiler, und deshalb auch keinen Alkohol trinkt. Nur dass der Brummton, den er ausstößt, nicht so tief aus seinem Inneren zu kommen scheint und daher auch nicht so wohltönend vibriert wie die Gesänge der Mönche in dem buddhistischen Kloster in dem besagten Film. Die männlichen Teilnehmer, die sich nun auch eingefunden haben, stimmen sogleich in das Tönen mit ein, eifrig bemüht, die richtige Stimmlage zu finden. Auch Sylvia hat bereits die richtige Meditationshaltung auf ihrem Kissen eingenommen, untergeschlagene Beine, die Hände auf den Knien ruhend, die Handflächen nach oben gerichtet, wobei Daumen und Zeigefinger sich zu einem Kreis geschlossen haben, und lässt ihre Stimme etwa eine Oktave höher mitklingen. Nur ich kann die passende Tonhöhe nicht finden, erst brumme ich heiser vor mich hin, dann, weil ich nicht gewohnt bin, so tief zu singen, probiere ich verschiedene höhere Tonlagen aus, dabei schnürt sich meine Kehle zu und heraus kommen nur gequetschte dünne und zitternde Laute. Ich blinzele hinter meinen geschlossenen Augenlidern hervor und versuche herauszufinden, was ich besser machen könnte. Das erweist sich als nicht sehr aufschlussreich, da die Anderen ganz in sich vertieft da sitzen und sich konzentrieren, die Augenbrauen zusammengezogen, ihrer inneren Einkehr hingegeben. Dennoch klingt das, was Shabayata *Chanten* nennt, nicht so melodiös und harmonisch, wie ich es nach dem Film von Doris Dörrie erwartet hätte.

Meditieren soll entspannen und zugleich den Geist erfrischen. Mich strengen die fremdartigen Worte aus dem Sanskrit fürchterlich an und das Singen der Mantren macht mich müde.

Sylvia meint, ich hätte mich zuvor innerlich reinigen müssen. Aber mir liegt bloß diese Form der Meditation nicht. Mit Sylvias Einverständnis (»Du steckst mich sonst noch an mit deiner Unruhe.«) wechsele ich in der Pause zu der fernöstlich inspirierten Geh-Meditation des vietnamesischen buddhistischen Mönchs Thich Nhat Hanh. Hierbei dient die körperliche Tätigkeit als Mittel der Meditation. Doch ich konzentriere mich während der Übung so sehr darauf, den Atem meiner Geh-Geschwindigkeit anzupassen, dass ich vergesse, in mich hineinzuhorchen, in mich zu gehen.

Eine andere Art der Meditation ist der Trance-Tanz. Zumindest stellt er einen Teil der Vorbereitung zur eigentlichen Meditation in Stille dar, entnehme ich dem Tagungsprogramm und wechsele erneut den Workshop. Doch bei der Veranstaltung *Derwisch-Tanz* handelt es sich nicht um einen Workshop zum Mitmachen, sondern lediglich um eine Vorführung. Eine gemischte Gruppe von Männern und Frauen in knielangen groben Gewändern, darunter Filzstiefeln, und einer Fezartigen Kopfbedeckung wirbelt, die Arme vor der Brust verschränkt, in solch einer unvorstellbar hohen Geschwindigkeit um sich selbst herum, dass mir vom Zusehen schwindelig wird und ich ernsthaft daran zweifele, dass diese Form der Bewegung zu einer körperlichen Zentriertheit führen soll. Wahrscheinlich werden die Gehirne der Tänzer bei diesem

Herumkreiseln so sehr durchgeschüttelt, dass sie schließlich tatsächlich völlig frei von Gedanken sind.

Leider komme ich nicht dazu, das selbst auszuprobieren, da nur eingeweihte Derwische tanzen dürfen. So kann ich auch nicht überprüfen, ob diese Form der Meditation tatsächlich eine stärkere bewusste Verbindung mit dem eigenen Körper ermöglicht.

Nach diesen enttäuschenden und erschöpfenden Workshops beschließe ich, das Mittagessen ausfallen zu lassen und stattdessen ein Nickerchen zu machen.

Die beste Meditation ist der Mittagsschlaf, stelle ich befriedigt fest, als ich am Nachmittag erfrischt und ausgeruht den Vortragsraum betrete, der sechseckig gebaut ist und dessen zeltartige Decke in der Mitte von einer Holz-Säule getragen wird, die sich in weitläufigen Balken verästelt. Ich gehe die angeordneten Stuhlreihen entlang bis nach vorne an die Bühne, kann aber nirgendwo Sylvia entdecken. Ich habe fest damit gerechnet, dass sie schon in der ersten Reihe sitzen und auf mich warten würde und bin nun verunsichert. Es ist das erste Mal, dass sie eine Verabredung mit mir verpasst. Ich drängele mich an den Sitzenden vorbei auf einen der beiden noch letzten freien Plätze in der zweiten Reihe und hoffe, dass Sylvia mich sehen wird.

Dann betreten drei halbnackte Männer mit schweren hohen Trommeln aus grob geschnitztem Holz die Bühne und ich vergesse Sylvia. Im Tagungsprogramm ist die *Gruppo Azteco* aus Mexiko angekündigt. Und tatsächlich scheinen die drei Indianer einer historischen

Darstellung über das alte Aztekenreich entstiegen zu sein. Bis auf einen Lendenschurz und breiten Gurten mit Schellen und Rasseln um die Fuß- und Handgelenke tragen sie keine Kleidung. Außer dem faszinierenden Kopfschmuck natürlich, der aus über einen Meter langen, geschwungenen Federn besteht und an dem vorne Tierschädel und ähnliche Gegenstände als Kraftmedizin befestigt sind. Zunächst knien die Tänzer nieder und entfachen in einer Muschelschale Räucherwerk aus aromatischen getrockneten Kräutern und Holz. Dabei bläst einer der Indianer in ein Muschelhorn. Der Raum vibriert von den nachschwingenden tiefen Tönen, die sich über die Holzsäule und die Balken Richtung Dach und gen Himmel weiter verteilen.

Nach diesem Eröffnungs- und Reinigungsritual beginnt der wilde Tanz. Während einer der Azteken stehend in einem immer gleich bleibenden stetigen 4/4-Rhythmus mit Klöppeln auf die Trommel einschlägt, tanzen die beiden anderen mit stampfenden und springenden Schritten, sich drehend, beugend und streckend, stolz ihren wippenden Federschmuck schwingend, über die weiterhin qualmende und räuchernde Schale hinweg, wobei ihre Bewegungen und Hüpfer, Sprünge, immer feuriger und schließlich ekstatisch werden. Bei jedem einzelnen Tanzschritt verstärkt das Schellengeläut an den stampfenden Füßen das Dröhnen der Trommel um ein Vielfaches, der Rhythmus aber ändert sich nie, die Tänzer sind unbändig, drücken eine animalische, ursprüngliche Kraft aus, sind aber in ihren Bewegungen nicht chaotisch, jeder ihrer Schritte ist in einer perfekt aufeinander abgestimmten Choreografie angeordnet.

Unterdessen verströmen die abgebrannten Kräuter einen berauschenden Duft, der in meine Nase strömt und sich hinter meiner Stirn verwirbelt. Mein Geist fühlt sich leicht und beschwingt an. Den übrigen Teilnehmern scheint es ebenso zu ergehen, denn sie stehen nach und nach auf und schwingen ihren Oberkörper im Takt der Trommel mit. Einige von ihnen haben die Augen geschlossen und sind in einen tranceartigen Zustand gefallen, schwenken die Arme mit und drehen sich rhythmisch im Kreis.

Erst jetzt bemerke ich, dass Marcel den bis dahin leeren Platz neben mir eingenommen hat. Er trägt eine helle Leinenhose und ein dazu passendes weißes Hemd, die oberen Knöpfe sind geöffnet, so dass ich einen Blick auf seine schon ergrauten Brusthaare erhasche. Marcel lächelt zu mir herunter, seine Augen strahlen heute beide in einem kräftigen Blau und er sieht noch lebendiger aus als gestern Abend im Zug.

Marcel zieht mich zu sich hoch. Er klatscht begeistert mit der Musik mit, wiegt sich im Rhythmus und stößt mit den Füßen auf dem Boden den Takt mit. Er ist barfuß. Ich springe neben ihm auf, kann nicht mehr still sitzen, und folge den Bewegungen meines Körpers, der von den Klängen der Trommel in Schwingung versetzt wird. Die tiefen Basstöne der Holztrommel treffen direkt in meiner Bauchmitte auf, strahlen von dort aus in meine Brust, die Arme, bis hinauf in den Kopf. Meine Lippen lösen sich und zittern und vibrieren mit. Aus meiner Kehle dringen Töne herauf, lösen sich auf und verbinden sich irgendwo im Raum mit dem Stampfen und Dröhnen und Schellengeläut. Mein ganzer Körper bebt, schwingt und tönt mit, ist Raum, gebiert die Töne und Klänge, die tief aus meinem Inneren hervordrängen, die meinen Bauch, meinen Brustkorb dehnen, meine Kehle weit werden lassen, den Kiefer lockern. Währenddessen löst sich der Raum um mich herum auf, wird Klangkörper für die Töne, die ich erzeuge, für die Töne, die aus mir herausströmen, gelbfarbener, goldener Tonstrom, Töne von solcher Tiefe und Intensität, wie ich sie nie für möglich gehalten hätte.

Schließlich begreife ich, dass ich singe. Das ist Gesang, mein Gesang, der einzigartige Ausdruck, der ausschließlich und allein durch meinen Körper geschieht, ohne Instrument, ohne Hilfsmittel. Mein Körper selber ist Ausdruck und Klang.

Mein Körper singt.

Ich singe.

Karl

Die Vorderfront des Grünen Hauses war kaum wiederzuerkennen. Nicht nur, dass Karl vor den Fenstern im Erdgeschoss grüne Fensterläden hatte anbringen lassen, so dass das Haus seinen ursprünglichen Charakter zurückerhalten hatte, er hatte auch vor dem bogenförmigen Eingang zur Haustür Töpfe und Kübel mit Pflanzen und Kräutern aufgestellt, Oleander, Rhododendron, Salbei und Lavendel, die bald ihren würzigen Duft entfalten würden.

In den Ampeln unterhalb der Markise wucherten weiße und lila Glockenblumen. Auf den Fensterbänken vor den Seminarräumen waren Kästen befestigt, in denen sich leuchtend rote Geranien und zart rosa, violett und gelb blühende Pelargonien aus krausen Blättern reckten. Die Pelargonien hatte Karl von einem Bio-Pflanzenhändler aus Süddeutschland erhalten, der sie als kleine, vorgezogene Pflänzchen, wohl geschützt in Stroh und in Kartons verpackt, an ihn verschickt hatte. Sie hatten es überlebt.

Als Karl am Vormittag vor das Haus trat, pfiff er die Melodie seines Krafttieres, die ihn nun ständig begleitete. Er war noch oft in die Untere Welt gereist, hatte die Tonfolge gesungen, die der Rabe ihm geschenkt hatte, und hatte erfahren, dass er mit seinen Kräften haushalten musste, um sich nicht zu verausgaben. Nicht jedes Mal hatte er dieselbe Leichtigkeit verspürt, aber der Gesang und die gemeinsamen Flüge mit dem Raben hatten ihm geholfen, über die dunkle Jahreszeit zu kommen, die er so gefürchtet hatte. Die wärmenden Lichtstrahlen hatten sein Amulett aufgeladen und ihn mit der notwendigen Energie versorgt. Eine Energie, so vermutete er, die aus seinem Inneren kam und ihn heilte, die sein Selbst heilte und gesunden ließ.

Am Morgen hatte Karl auf der schmalen Massage-liege in seinem Besprechungszimmer gelegen und Britta hatte sich über ihn gebeugt. So war sie auch damals von ihrem Hocker am Fußende der Liege aufgestanden, vor einem Jahr, als sie sich kennenlernten. Er als Patient und sie als Osteopathin, die seine Halswirbel richtete. Er hatte ihre methodisch tastenden Finger an seinem Hinterkopf und am Nacken gespürt, den Knubbel seitlich des Halswirbels, der ihm so viele Beschwerden verursachte. Ihre kräftigen und sicheren Fingerspitzen übten einen sanften Druck auf die verhärtete Stelle aus, dehnten und lockerten sie, bis sich die Spannungen auflösten. Seine Kiefergelenke lockerten sich, sein Mund öffnete sich leicht und frei. Britta bearbeitete weiter seine Brustwirbelsäule, sie streckte ihn, richtete und weitete ihn, befreite ihn von dem inneren Druck, der seine Muskeln und Gelenke gefangen hielt.

Er lag da, hatte die Augen geschlossen und sog Brittas Duft ein, Mandel und Zitrone, ein Hauch von Olive.

Sie stand am Kopfende, hatte sich über ihn gebeugt, und der Stoff ihres Kittel-Oberteils hatte seine Stirn gestreift, seine Nase, sein Kinn. Er hatte versucht, sich ihre Brüste unter dem Kittel vorzustellen, klein und fest, so wie ihre Hände, ihre gesamte Gestalt.

Er hatte die Arme gehoben, am Kopfende nach ihren Schultern gegriffen und sie zu sich hinuntergezogen. Ihr Gesicht über dem seinen schwebend, aber verkehrt herum, ihre Stirn an seinem Kinn, ihre Augen an seinem Mund, ihre Wimpern seine Lippen kitzelnd. Ihr Blick mandelförmig verschleiert.

Dann hatte er die Hände um ihren Hinterkopf gelegt und sie hatte sich hinunter geschoben - oder hinauf? - um mit ihren Lippen seine Lippen zu berühren, ihre Oberlippe auf seiner Unterlippe. Erst dann drehte sie sich um, so dass ihre Gesichter sich begegneten, nicht mehr seitenverkehrt und auf dem Kopf, und sie sich anblicken konnten. Nun passten auch ihre Münder wieder aufeinander, fanden zueinander.

Sie legte sich mit ihrem Körper auf seinen Körper. Er umfasste sie, sie küssten sich, sie bewegten sich nicht. Brittas Igelhaare, die in aufrechten, mahagonibraun glänzenden Büscheln von ihrem Kopf abstanden, gaben dem sanften Streicheln seiner Hände nach, gaben ihre Widerborstigkeit auf und umschmiegten weich ihre Kopfhaut.

Sie blieben nicht auf der schmalen Liege, sondern kletterten ohne Worte herab und verließen das Behandlungszimmer. Sie schlichen in seine Wohnung, in das

Schlafzimmer mit dem breiten Bett. Britta schloss die Jalousien vor dem fahlen Frühlingslicht.

Karl versorgte die Blumen, gab ihnen Wasser, düngte die Pelargonien und knipste vertrocknete Blüten ab. Die schmale Gießkanne stellte er in den Hof zurück und als er am Schuppen vorbeiging, sah er auf der Mauer zum Nachbargrundstück eine Krähe hocken, die kleine Schwester des Raben. Sie beäugte ihn mit schief gelegtem Kopf, als er seine Melodie flötete. Karl lachte ihr zu, nahm den Einkaufskorb, den er auf der Bank abgestellt hatte, und verließ das Haus.

Er ging zum Markt am Friedensplätzchen. Bauern aus der Region boten dort ihre Produkte an, Obst und Gemüse, unnatürlich groß gewachsen und zu perfekt geformt von landwirtschaftlichem Dünger und Schädlingsbekämpfungsmitteln. Karl kaufte nur selten auf dem Bauernmarkt ein, er bevorzugte Ökoprodukte und ging lieber in den Bio-Supermarkt auf der Hauptverkehrsstraße, aber es war Spargelzeit und es gab einen Stand mit frischem Spargel vom Niederrhein. Am Abend würde er für Britta und sich kochen. Spargelspitzen mit neuen Kartoffeln und Butter, etwas Petersilie und Pimpernelle darüber. Keine schwere Sauce Hollandaise.

Am Imkerstand, wo er Honig zum Süßen des Kräutertees aussuchte, den er in seinen Seminaren ausschenkte, begegnete er Gilla Witt. Von einem wallenden Wollponcho umhüllt, in hochhackigen Stiefeln und mit dem üblichen aufgelösten Ausdruck im Gesicht, warf sie sich ihm nahezu in eine Umarmung.

»Karl!« Sie legte eine Hand auf seinen Unterarm. »Du hast auch Spargel gekauft? Nur die Spitzen? Da fehlt doch der Saft! Ich liebe die dicken, kräftigen Sprosse, sie sind die besten!« Triumphierend zeigte sie ihm ihre Tüte, die mindestens zwei Kilo Spargel enthielt. Dann trat sie einen Schritt zurück. »Gut, dass ich dich hier treffe. Bei dieser Gelegenheit kann ich dir meine Freundin Sylvia vorstellen.«

Neben Gilla wartete eine etwas unterkühlte schlanke Endvierzigerin mit korrektem Haarschnitt, grauem Blazer und schwarzer Hose. Sie nickte gleichmütig und gewährte ihm einen trockenen, festen Händedruck.

»Sie also sind der Schamane.« Ein forschender Blick hinter glatten Stirnfransen.

Bevor Karl darauf antworten konnte, sprudelte es weiter aus Gilla heraus: »Ich habe Sylvia im Gospelchor der evangelischen Kirchengemeinde kennengelernt.«

Gilla strich sich umständlich die rotblonden Haarsträhnen zurück, die sich wie üblich aus der großen Klammer am Hinterkopf gelöst hatten.

»Im April waren wir auf einem Gesangs-Workshop im Allgäu.« Sie legte ihre Hand auf Karls Unterarm. »Und nun möchten wir uns von dir auf eine schamanische Reise schicken zu lassen. Mittlerweile haben wir genügend Teilnehmer zusammen.«

»Danke, dass Sie sich bereitgefunden haben, für unseren kleinen Kreis ein Basisseminar durchzuführen.« Ein grauer, musternder Blick von Sylvia.

»Gerne.« Karl stand aufrecht, scheinbar gelassen da und hörte aufmerksam zu, die braunen Augen auf die beiden Frauen gerichtet, die er nur geringfügig überragte.

»Sie haben sicher genug zu tun. Gilla hat erzählt, dass Sie junge Startup-Unternehmer betreuen. Ich hätte nicht gedacht, dass die sich für Schamanismus interessieren.«

»Es ist nur ein Versuch, eine andere Methode, um die Fähigkeiten von Führungskräften zu stärken. Im kleinen Stil.«

Karl fuhr sich mit der linken Hand durch den länger gewordenen Haarschopf, der in einer dichten Strähne vom Wirbel über der Stirn hoch stand.

»Keine schlechte Idee«, erwiderte Sylvia, die jetzt etwas aufgeschlossener wirkte, »in meinem Büro haben wir es auch schon mit Turbo-Yoga ausprobiert, in der Mittagspause. Es klappt ganz gut. Die Mitarbeiter sind entspannter und nicht so schnell ausgelaugt.«

Karl antwortete mit einem einseitigen Lächeln des rechten Mundwinkels. Dann richtete er sich an Gilla: »Der Termin für unser Seminar steht also fest. Die Einzelheiten haben wir bereits besprochen. Wir sehen uns spätestens nächste Woche.«

Karl bezahlte das Glas Honig beim Imker, nickte den beiden Frauen zu und lief zurück zum Grünen Haus. Das unvorhergesehene Gespräch hatte ihn unnötig aufgehalten. Dennoch war es wichtig gewesen. Gilla hatte ihn als Kursleiter gebucht und er würde sein erstes schamanisches Seminar in den neu hergerichteten Räumen im Grünen Haus abhalten. Als er Gilla vor wenigen Wochen im Treppenhaus begegnet war und

ihr von seinem Vorhaben erzählt hatte, Heilungszere-
monien anzubieten, war sie neugierig geworden, hatte
sich von ihm den Gruppenraum zeigen lassen und
sofort begeistert einen Termin vereinbart. Für die Teil-
nahme wollte sie ihren Gospelchor gewinnen und die
Leute, mit denen sie sich regelmäßig traf, um Jahres-
kreisrituale abzuhalten. Es hatte funktioniert. Und nun,
da die Sache konkret geworden war, musste Karl sich
vorbereiten.

Aber damit wollte er sich später beschäftigen. Zunächst hatte er eine Verabredung mit einem neuen
Klienten.

Am frühen Nachmittag holte er das Fahrrad aus dem
Schuppen im Hof. Paul hatte es ihm überlassen, als sie
darüber gesprochen hatten, dass Karl hier in der Nähe
der Innenstadt kein Auto benötigte, da alle Ziele gut zu
Fuß, mit Bahn oder Bus zu erreichen waren, ein Fahrrad aber hilfreich wäre.

Er schaute kurz zu der Mauer hinüber, aber die
Krähe saß nicht mehr auf ihrem Platz.

Bis zum Medienhafen war es nicht weit. Karl fuhr
die Fahrradstrecke in Richtung Stadttor und dann die
Rheinpromenade entlang. Sein Kunde war ein junger
Mann mit einem Start-Up-Unternehmen im Webde-
sign-Bereich, der auf der Suche nach einem Investor
war. Das Büro befand sich in einem modernen Gebäude, dessen äußeren Umrisse einer Hochseeyacht gli-
chen. Die in die verglaste Außenfassade eingelassenen
Fenster reichten vom Fußboden bis zur Decke und die

gesamte Front entlang. Von dort blickte Karl hinaus auf einen kleinen Park, der zwischen den zahlreichen Neubauten überlebt hatte und der von einem baufällig wirkenden Mehrfamilienhaus aus der Nachkriegszeit abgegrenzt wurde, dessen Zeit längst abgelaufen war. Überragt wurde alles von dem bläulich schimmernden Fernsehturm, dessen Antennenspitze in den diesigweißen Himmel wies.

Karl erinnerte sich an das Gespräch, das er am Vormittag mit Britta geführt hatte. Über seine bevorstehende Reise in die Obere Welt. Britta hatte gefragt:

»Was ist in der Oberen Welt anders als in der Unteren Welt?«

Er konnte ihr diese Frage nicht beantworten. Er wusste nur, dass er die Untere Welt verlassen und sich auf die Suche nach seinem geistigen Helfer aufmachen wollte, seinem Lehrer und Wegbegleiter, der die Obere Welt beherrschte. Es war an der Zeit, dem Licht entgegen zu reisen, heraus aus der Tiefe der Unteren Welt, in der er sich mit den dunklen Aspekten des Seins beschäftigt hatte. Ebenso wie die Erde zu neuem Leben erwachte, wollte er einen neuen Weg beschreiten.

»Die Untere Welt ist eine erdverbundene Landschaft. Sie zeigt dir den Weg zu deinem Innersten«, versuchte er eine Erklärung. »Die Obere Welt dagegen ist ätherisch, verkörpert das geistige Wesen. Dort findest du Wolken, Kristallpaläste, helles, strahlendes Licht über der Wolkendecke.«

Auf einer seiner schamanischen Reisen, die er während seines Aufenthalts im Altai-Gebirge in Sibirien unternommen hatte, hatte er eine Leichtigkeit gespürt, eine Kraft und Energie, die ihn geradezu innerlich abheben ließ. Dieses Gefühl wollte Karl noch einmal erleben, aber kontrolliert, mit den erworbenen Mitteln und Kenntnissen, die er nun als Schamane besaß. Er empfand sich immer noch als Lernender, aber als fortgeschritten auf dem Weg zum weisen, wissenden Mann, der mit unsichtbaren Energien arbeitet, die die sichtbaren Dinge bewegen.

Nachdenklich fügte er hinzu: »Ich stelle mir vor, in der Oberen Welt meine Seele vervollständigen zu können, indem ich ins Außen gehe.«

Britta hatte ihn nur verständnislos mit ihren dunkel umschatteten Augen angesehen, ihn aber nicht abzuhalten versucht.

Spontan entschloss sich Karl, auf den Rheinturm hinaufzufahren. Er beendete die Beratung bei seinem Kunden, lief zu Fuß am trüben, bleich grauen Fluss entlang und betrat über die Treppe das Foyer, das mit hellgrauem Beton verschalt war. Am Besucherschalter löste er ein Ticket und begab sich zum Turbolift, der ihn in Sekundenschnelle zur Spitze des Turms mit der Aussichtsplattform befördern würde. Die Tür schloss sich hinter ihm und er wurde pneumatisch nach oben gedrückt, schoss über 170 Meter in die Höhe. Sein Geist hatte Schwierigkeiten, dem Körper zu folgen.

Oben angekommen, betrat Karl nicht die Plattform, sondern stieg weiter hinauf in das kreisförmige Restaurant, dessen Speisetische sich auf dem äußeren Ring um die Achse des Fernsehturms drehten. Die Fensterscheiben im Restaurant waren schräg nach außen geneigt, so dass man von seinem Platz aus nicht nur auf den weit entfernten Horizont schauen, sondern das gesamte Panorama überblicken konnte, das sich unter dem Turm entlang des Rheins erstreckte.

Als Karl an den Rand des äußeren Kreises trat und durch die getönte Scheibe hinabsah, hatte er das Gefühl, direkt im Himmel über der Flussebene zu schweben, ohne schützendes Glas, ohne Fensterrahmen zwischen sich und der Welt, ohne sichernde Schicht, die ihn davon abhielt zu fallen. Er legte sich auf die Glasscheibe, breitete die Arme weit aus und hing dort zwischen Himmel und Untergrund. Leichtigkeit und Helligkeit trugen ihn.

»Der Schamane sieht und weiß.« Er sprach die Worte aus, bevor ihm bewusst geworden war, dass er sie überhaupt gedacht hatte.

Ohne die Trommel geschlagen und ohne sein gewohntes Ritual für die spirituelle Reise durchgeführt zu haben, verfiel er in den tranceartigen Zustand, der ihm mittlerweile vertraut war. Und so wie er in der wirklichen Welt den Eingang in der ebenmäßigen glatten Außenhülle des Fernsehturms gefunden hatte, so entdeckte er auch in seiner visuellen Welt den Zugang im Äußeren des Turms. Nachdem ihm das gelungen war, war der Aufstieg leicht. Er kletterte empor, drang durch die dämpfende Wolkendecke, die ihm nur einen leichten, watteartig anmutenden Widerstand leistete, und erreichte die Plattform des Turms. Doch anders als in der wirklichen Welt war er nicht durch materielle

Dinge eingeschränkt und löste sich von Wänden, Einfassungen, Fensterglas und Rahmen. Er konnte die Grenzen überwinden. Nichts hielt ihn auf. So kletterte er die Antenne hinauf, die ausgestreckt wie ein Zeigefinger über den Wolken ragte, und stieß sich ab in die Obere Welt. Der Wächter seines geistigen Heilers erwartete ihn.

Sommer

Florian und Claudia

Mein neues Projekt: Licht. Licht und Farben. Farbexplosionen, bunte Kugeln aus Licht, aus Lichtblitzen, aus explodierenden Lichtstrahlen. Mein Konzept der Fotografie entfernt sich immer weiter vom Gegenständlichen, konzentriert und fokussiert sich auf das alles Durchdringende, alles Beherrschende, auf das blendende grelle weiße Licht, das in seine Bestandteile zersplittert, sich entfaltet und auffächert in die Spektralfarben. Das Licht, die Bewegung, die statischen Strahlen, festgehalten im Moment.

Das Feuerwerk der Großen Kirmes am Rhein. Ich habe versucht, die gesamte Farbpalette einzufangen, verwende eine bestimmte Spezialtechnik für die Aufnahmen. Doch ich konnte die Eruptionen bunten Lichts und gleißender, glitzernder Weiße, die niederfallenden silbrigen Lichtfäden nur im Dunkeln ertragen. Ich suchte mir einen abgelegenen Platz abseits der Menschenmenge, der nicht erhellt war von Straßenlaternen, Gebäudebeleuchtungen und Autoscheinwerfern. Der Eindruck war noch überwältigender. Die Lichtstrahlen brannten sich auf meine Netzhaut. Rote Verästelungen und Verzweigungen hoben sich aus dem Hintergrund hervor und schoben sich vor meine Pupille. Pulsierendes rotes Licht, die Bahnen strömten zusammen zu einem dunkelgelben Knoten, der direkt in mein Gehirn führte. Elektrische Impulse blitzten durch meinen Kopf. Ich betrachte die Bilder nur auf dem Display der Kamera oder am Monitor meines Computers. Ich blicke nie direkt ins Licht. Immer halte ich das Objektiv der Kamera dazwischen.

Martin hat mir von dem Landschaftspark Duisburg-Nord erzählt, die verlassenen Industrieanlagen werden nachts beleuchtet. Sie erheben sich in gespenstischer Weise und erstrahlen in blau, grün, magenta und gelb vor dem dunkelgrauen Abendhimmel. Ein geeignetes Objekt für mein Vorhaben *Farbiges Licht*. Ich werde mich eines Nachts auf Motiv-Jagd begeben. Vielleicht magst du mich begleiten.

Ich vermisse dich, Claudine, Claudesse, meine Klaue. Wie ist das Licht auf Bornholm? Verträgst du dich gut mit Babs, deiner wiedergefundenen Freundin? Und wie ist das Ferienhaus? Sind ihre Eltern auch dort?

Es ist leer ohne dich, hier in unserem kleinen Nest unter dem Dach. Heute Morgen erwachte ich mit einem trockenen Gefühl im Mund, ich musste schlucken, aber meine Kehle zog sich nur krampfhaft zusammen. Ich war durch ein Geräusch im Treppenhaus oder auf der Straße aus dem Schlaf geschreckt und es fiel mir schwer, Tag und Nacht zu unterscheiden. Auf dem Bauch liegend, tastete ich nach der Wasserflasche, die immer auf dem Boden neben dem Bett steht. Und stieß sie um. Ich hob das blinzelnde Augenlid und schielte zum Nachttisch. Dort befand sich noch der Becher mit erkaltetem Kaffee vom Abend zuvor. Ich richtete mich in die Seitenlage auf, indem ich mich auf dem Ellbogen aufstützte und mit der anderen nach der Tasse griff. Angewidert trank ich das abgestandene Gebräu. Ich wollte gleich frischen Kaffee kochen, nur brauchte ich noch einige Minuten, um zu mir zu kommen. Ich ließ mich wieder auf das Kopfkissen fallen und schloss die Augen. Unvermittelt sah ich das freundlich lächelnde, von Falten zerfurchte Gesicht von Paul Seidel vor mir und versuchte die Unruhe zu unterdrücken, die mich jedes Mal befällt, wenn ich ihm begegne oder an ihn denke. Der Mann macht mich schwermütig, zieht mich runter.

Ich schob Kissen und Bettdecke beiseite, weil es schon am frühen Morgen unerträglich heiß hier oben ist, und legte mich auf den Rücken. Das Atmen fiel mir schwer. Wenn man diese Tage das Grüne Haus betritt und Stufe für Stufe, Treppe für Treppe höher steigt, nimmt die Hitze mit jedem Stockwerk unerbittlich zu. Im Dachgeschoss ist es wie in einem Backofen, die Luft ist trocken, umhüllt dich schwer wie ein Daunenbett, aus dem du dich nicht befreien kannst, und riecht nach Wäschespeicher.

Schließlich nahm ich einen weiteren Anlauf aufzustehen, setzte mich auf die Bettkante und wartete, bis mein Herz nicht mehr so heftig und aufgeregt schlug. Dann stellte ich den Ventilator an, das brachte etwas Luftbewegung. Aber eigentlich war es schon zu spät. Die kurze, kaum spürbare Abkühlung, die der frühe

Morgen gebracht hatte – und den ich verschlafen hatte – war schon wieder durch eine lauwarme Suppe verdrängt worden. Über der Stadt liegt eine Dunstglocke, die verbrauchte Luft kann nicht abziehen. Wir leben in einem Talkessel, wusstest du das? Die Rheinschiene, das Konglomerat aus Großstädten, die ohne sichtbare Grenze ineinander übergehen, die dichte Bebauung, die vielen Menschen, die wenigen Grünflächen, alles führt dazu, dass wir hier kaum noch Luft bekommen.

Claudette, meine Liebste, bei dir im hohen Norden ist die Luft klarer und reiner. Spürst du die Weite? die Befreiung? Es wird dir gut tun. Du wirst zur Ruhe kommen. Dich entspannen und erholen. Glaub es mir.

Die Hitze ist dir zu Kopf gestiegen, Flo. Du redest wirr. Blau, weiß, grün und gelb ist das Licht auf Bornholm. Das Blau und Gelb wie auf der schwedischen Nationalflagge. Es würde dir gefallen. Aber die Helligkeit ist so allgegenwärtig, dass sie mich auch nachts nicht zur Ruhe kommen lässt. Obwohl wir hier im Süden Skandinaviens sind, wird es in der Nacht kaum dunkel. Es ist Hochsommer und die Skandinavier feiern die warme, helle Jahreszeit ausgiebig und ausgelassen. Sie nehmen alle Energie mit, um den nachfolgenden langen und finsteren Winter überstehen zu können.

Mich erschöpft es.

Kopenhagen. Babs wollte unbedingt mit dem Zug hinüberfahren. Ich habe dir erzählt, wie stressig die

Fahrt mit der Deutschen Bahn war. Der Intercity nach Hamburg überfüllt mit Urlaubern in Richtung Norden. Zum Lesen bin ich kaum gekommen. Ich brauche nicht zu erwähnen, dass der Zug Verspätung hatte und wir dadurch beinahe den Anschlusszug nach Kopenhagen über Puttgarden verpasst hätten. Er wartete auf einem Nachbargleis. Du hättest miterleben müssen, wie wir mit unseren Koffern und Taschen gespurtet sind, durch Menschentrauben hindurch und die Treppe zum Bahnsteig hinunter stolpernd. Aber wir haben es geschafft. Wenn ich jetzt daran zurückdenke, war die Strecke zwischen Hamburg und Kopenhagen der erholsamste Teil unserer Reise bisher. Vor allem auf der Fähre: Herrlicher Sonnenschein, Wind, Seeluft, strahlendes Blau.

Kopenhagen: Eine Großstadt voller Touristen. Und wir mittendrin. Babs wollte mir unbedingt die wichtigsten Sehenswürdigkeiten zeigen. Also sind wir am Nachmittag noch die Strøget, die Haupteinkaufsstraße, entlang bis nach Christiansborg und zurück. Abendessen im Hardrock-Café. Kannst du dir das vorstellen? Eine Stunde Wartezeit, bis wir überhaupt einen Tisch zugewiesen bekamen.

Am nächsten Tag zog Babs ihr Vorhaben, die Tourismusattraktionen mitzunehmen, weiter durch. Wir fuhren hinaus zur kleinen Meerjungfrau. Und fotografierten uns gegenseitig vor diesem überschätzten Monument. So, wie mehrere hundert andere Touristen an diesem Vormittag auch, nicht mitgezählt die Sightseeing-Boote, die alle paar Minuten das Hafenbecken entlangfuhren und an der Meerjungfrau eine Schleife drehten, damit alle Insassen die Gelegenheit hatten, vom Boot aus zu fotografieren. Du wirst nicht verschont, Flo, ich werde dir ein Selfie von Babs, mir und der kleinen Meerjungfrau schicken.

Am Nachmittag sind wir dann mit dem Zug weiter nach Malmö. Über die Øresundbrücke. Ein Erlebnis besonderer Art. Leider blieben wir auch hier nicht von Zugverspätungen verschont. Obwohl laut Fahrplan alle 20 Minuten ein Zug hinüber nach Schweden fahren soll, mussten wir geschlagene 60 Minuten warten, bis sich die mittlerweile völlig überfüllte Bahn in Bewegung setzte. Stellwerkfehler. Kommt mir irgendwie bekannt vor.

Nun gut. Es gelang mir, Babs davon abzubringen, auch noch eine Schnellbesichtigung der Malmöer Innenstadt vorzunehmen. Stattdessen fuhren wir direkt weiter nach Ystad. Und da sind wir nun. In einem beschaulichen Städtchen an der Südküste Schwedens, Heimat von Kurt Wallander, der Krimi-Hauptfigur, die Henning Mankell erschaffen hat. Umgeben von einer sanften, welligen Moränenlandschaft, Wiesen und Feldern und dennoch direkt am Meer gelegen. Der Übergang von Hektik zu Gemütlichkeit ist zu abrupt für mich. Ich kann nicht abschalten.

Du siehst, wir sind noch gar nicht auf Bornholm angekommen. Leider fährt heute Abend keine Fähre mehr, so dass wir hier übernachten müssen. Ich werde mich gleich mit Babs auf die Suche nach einem Alko-Laden machen. Und vielleicht finden wir ein kleines

Lokal, in dem man gut essen kann. Mit Kaffee und Plunderteilchen haben wir uns heute schon genügend versorgt.

Ich wünsche dir eine erholsame Nacht, Flo. Verschaffe dir Abkühlung. Vielleicht lässt Paul Seidel dich auf seinem Balkon schlafen. Oder im Hinterhof.

Von: Flo28@food-camera.com
An: Claw29@email.com
Betreff: Ohne dich

Meine liebste Claudine!

Wann hat es angefangen, dass wir beide nur mit unseren eigenen Gedanken beschäftigt sind? Oder war es von Anfang an so und ich bemerke es erst jetzt, seit wir in dieser eigenartigen Wohnung leben, in diesem sonderbaren Haus?

Oder sind es die Farben, das bunte Spektakel dieser Stadt, die nie schlafen geht? Feiern bis zum Abwinken, so laut, dass wir zwar ständig von Menschen umgeben sind, aber nicht mit ihnen zusammen, ihnen zugewandt? Jeder auf einem Farbsplitter kristallisiert und isoliert für sich allein dahintreibend? Nie den anderen berührend, nie den anderen mitfühlend, im Strahl der Zeit emporschießend und ohne Möglichkeit, aus dem Strom auszusteigen und das Treiben vom Ufer aus zu betrachten?

Du entgleitest mir, Claudesse. Du surfst mit dem Schwarm dahin. Und ich versuche mitzuhalten und warte darauf, dass du dich mir zuwendest. Ohne dich ist das Dachgeschoss verwaist und ich fange an Geräusche wahrzunehmen, Stimmen zu hören, die es nicht gibt, nicht geben kann. Dieses Haus führt ein Eigenleben, Claudine, und ohne dich spüre ich mein eigenes Leben nicht.

Von: Claw29@email.com
An: Flo28@food-camera.com
Betreff: RE: Ohne dich

Florian,

du wirst dramatisch. Genieße den Sommer! Die Wärme, das Licht! Bald bin ich auch wieder im Grünen Haus. Alles wird gut. Du bist nur ein wenig niedergeschlagen, weil du ununterbrochen arbeitest. Du bist gereizt, weil du nicht deine eigenen Projekte verfolgen kannst und stattdessen künstlich hergerichtetes Food fotografieren musst. Martin nutzt dich aus. Anstatt sich allmählich aus dem Job zurückzuziehen und dir den Laden zu überlassen, nimmt er noch mehr Aufträge an und bürdet sie dir auf. So verdient er immer mehr, ohne dich daran zu beteiligen.

Es liegt an deiner negativen Stimmung, dass du in unserer Beziehung nur noch all das Schlechte sehen willst. Aber erinnere dich daran, wie wir uns kennengelernt haben. Vor drei Jahren in der *Alten Eule* in Münster. Wir saßen zufällig am selben Tisch – Babs war auch dabei und du mit einer Gruppe von Studienkollegen, du hast damals noch Elektrotechnik an der Fachhochschule studiert. Du hast davon gesprochen, zur Fotografie wechseln zu wollen und ich war fasziniert von deiner Hingabe zu diesem Beruf, von der Art, wie du über Licht und Schatten, Schärfe und Kontrast nachdachtest. Wir haben in jener Nacht über unsere Lebensziele gesprochen, über unsere Vorstellungen, das Leben zu gestalten, und stellten fest, dass sie sich gar nicht so sehr voneinander unterscheiden.

Wenn wir allein in unserer Dachgeschosswohnung sind, hoch über den Straßen der Stadt, dann sind wir füreinander da. Dann haben wir uns allein. Vergiss das nie!

Wenn ich abends meine leere Teetasse neben deine kaum angetastete Kaffeetasse auf dem Nachttisch abstelle und mich in deine Armbeuge schmiege, ist alles gut. Nur manchmal gelingt es mir nicht, auch wenn ich mich noch so sehr anstrenge, die Grübelei abzustellen, dieses verdammte Sinnieren, bei dem sich die Gedankenfetzen ständig wiederholen und in einem strudelartigen Kreis drehen und wieder hochgespült werden. Dann sagst du zu mir: »Versuch nicht alles so eng zu sehen und gelassener an die Sache heran zu gehen. Warum musst du unbedingt diesen strikten Zeitplan einhalten? Es geht doch auch lockerer!«

Aber ich schaffe es nicht, mich von dem Druck zu befreien. Dann spüre ich, wie sich deine Brust, an die ich mich geschmiegt habe, unter meinem Gesicht hebt und nicht wieder senkt, weil du den Atem anhältst. Ich schaue zu deinem Gesicht hinauf, aber du hast bereits die Augen geschlossen, so dass deine langen gebogenen Wimpern einen Schatten auf deine Wangen werfen. Nur deine Lippen haben sich zu einem ironischen Schnörkel verzogen. Ich versuche, wieder eine bequeme Lage auf deinem Oberkörper zu finden, aber es will mir nicht gelingen, da du keine Anstalten mehr machst mich zu umfassen. Stattdessen fragst du nur: »Was willst du, Claudia? Bleibe du selbst! Höre nicht auf andere Leute, sondern auf dich.«

Gerade das fällt mir so schwer.

Wenn du deinen Arm hebst, den du zuvor um meine Schultern gelegt und mir dann entzogen hast und ihn hinter den Kopf legst, deine Schlafstellung, weigere ich mich, diese eindeutige Geste anzuerkennen. Immer noch finde ich keinen Ausweg aus dem wirren Labyrinth meiner Gedanken. Ich bleibe mit dem Kopf auf deiner Brust liegen und überlasse mich der Illusion, dass du nur kurz die Augen geschlossen hast und noch immer bei mir bist, dass du dich nur kurz zurückgezogen hast, dass ich nicht die Last alleine tragen muss, die sich wie eine schwarze Schlange um meinen Nacken und meine Schultern gelegt hat und mir die Luft abpresst, die es zulässt, dass die Unheil bringende finstere Wut nebelig in mir aufsteigt, bis ich sie hinter meiner Stirn pochen höre.

Wenn du in solch einer Nacht schwer und unbeweglich neben mir liegst und ich keinen Schlaf finden kann, mich auf meiner Seite des Bettes hin und her wälze, versuche, eine bequemere Stellung zu finden, schiebe ich die Kissen weg und schmiege meine Wange an das glatte Betttuch.

Dann hämmert immer noch dein Herzschlag in meinen Ohren. Ich drehe mich auf den Rücken, um ihn nicht mehr hören zu müssen. Aber da ist weiterhin dieses Wummern, Schlagen, Trommeln.

Trommeln.

War es möglich, dass jemand mitten in der Nacht trommelte? Oder bildete ich mir das Geräusch nur ein? War es wieder eine Erscheinung, so wie die Stimme, die ich damals in der Nacht gehört hatte, begleitet von einer Berührung meines Fußes? Oder wie der Luftzug im Treppenhaus, als wir die Wohnung besichtigten?

Ich horchte angestrengt in die dunkle Stille. Das Trommeln durchdrang das Mauerwerk des Hauses wie einen bauchigen Klangkörper, so dass ich den Eindruck hatte, es kam aus unserer eigenen Wohnung. Vielleicht kam es tatsächlich aus der Mansarde. Ich stand auf, schwankte zum Hausflur, ohne das Licht einzuschalten, tastete mich weiter ins Treppenhaus, horchte an der Tür zur Mansarde. Es war nichts zu hören.

Ich ging zurück in die Wohnung und huschte zurück ins Schlafzimmer, schlüpfte unter die Decke. Wieder hörte ich das dumpfe Trommelgeräusch. Es drang bis in unser Schlafzimmer durch. Und nun nahm ich auch einen seltsamen Gesang wahr, ein Tönen, ohne erkennbare Worte, ohne Text, nur gutturale Laute. Es kam mir vor, als spräche das Haus, als sänge es zu mir. In der Nacht war das Haus bedrohlich, alle Geräusche klangen anders, lauter, hallender, und zugleich gedämpft.

Ich schloss die Augen und redete mir ein, dass es reale Laute waren, hervorgebracht von den Wänden, den Schatten, den Möbeln des nächtlichen Gebäudes, dass ich nichts zu befürchten hatte und dass ich, wenn ich mich diesen Tönen überließ, davongetragen und beschützt werden würde.

Begleitet vom Dröhnen der Trommel und dem unbekannten Gesang, schlief ich ein.

Paul

*Er stolpert durch das zerfallene Fischerdorf, versucht aus
dem Gewirr von engen Gassen und windschiefen Häusern
herauszufinden. Er will hinab zum Meer. Nur aus diesem
einen Grund ist er hergekommen: Um das Meer zu sehen, die
befreiende Weite und die besänftigende Stille in sich aufzunehmen. Der Weg führt ihn an ein Hafenbecken, in dem ein
Fischerboot mit eingezogenen Netzen ankert. Er hastet weiter den befestigten Deich entlang. Dahinter liegt der Strand.
Er braucht nur den sandigen Hang hinunterzulaufen. Aber
wo er gehofft hatte, die Wellen sanft an Land spülen zu sehen, ist nur endlose Leere. Das Wasser hat sich zurückgezogen. Weit zurückgezogen. Ein unsichtbarer kraftvoller Sog
zieht die Wasserfläche stetig und unausweichlich zu sich hin,
zu der Grenze zwischen Land und Himmel. Dort am Horizont türmt sich eine gewaltige Wasserwand auf. Er sieht die
Meereswand bedrohlich auf sich zukommen. Sie steigt unaufhörlich auf und wird zugleich zurück an Land gedrängt.
Er weiß, dass er vor der Riesenwelle weglaufen muss, damit
er nicht umgerissen, überspült, untergetaucht, niedergedrückt wird. Aber er kann seine Beine nicht bewegen. Er will
rennen, um sein Leben laufen, aber er ist wie gelähmt. Die
Welle rückt immer näher, auf ihrem Kamm kräuseln sich
weiße Schaumkronen. Nicht mehr lange, und sie wird um-*

schlagen und ihn überrollen. Endlich kann er sich vom Grund lösen, läuft los. Aber es geht viel zu langsam. Er kommt nicht voran, etwas hält ihn fest. Er bewegt sich wie in Zeitlupe. Er weiß, dass sich der Wellenberg in seinem Rücken in unveränderter Geschwindigkeit und Heftigkeit nähert. Gleich wird es so weit sein und die Wassermassen werden ihn erreicht haben. Angst schnürt ihm die Kehle zu. Angst und Panik.

Paul erwacht schlagartig. Zitternd und schweißnass liegt er im Halbdunkel auf seinem Bett unter dem dünnen Laken und spürt, wie sein Herz hämmert. Er bleibt still liegen und wartet, bis das heftige Klopfen verebbt ist und sein Körper sich wieder beruhigt hat. Die Bilder vor seinem inneren Auge kann er nicht wegschieben. Sie werden ihn den ganzen Tag begleiten. Die bedrohliche Stimmung, die der Traum vermittelt hat, wird ihn verfolgen.

Er greift nach dem Glas Wasser auf dem Nachttisch und nimmt einen Schluck. Das trockene Gefühl im Mund bleibt. Das Wasser ist lauwarm.

In den Nächten betritt er alte heruntergekommene Häuser, verwüstete Zimmer, durchquert Gänge und klettert durch Öffnungen in Wänden und Fußböden, steigt hinab durch dunkle Kellergewölbe und Tunnel, in der ständigen Gewissheit, dass ihn jemand belauert, sich hinter Türen versteckt und bereit ist für den Angriff. Am Abend zuvor hatte er sich vorgenommen, an etwas Angenehmes zu denken. Als er sich hinlegte, stellte er sich das Meer vor, Himmel und Weite. Und das war dabei herausgekommen: der Traum von der Riesenwelle.

Paul schaut auf den Wecker. Es ist fünf Uhr. Schon wird es hell. Er wird nicht mehr schlafen können. Also steht er auf, nur in Unterhose und T-Shirt bekleidet, reißt sämtliche Fenster in der Wohnung und die Tür zum Balkon auf, will überall Luft herein lassen. In der Nacht hat es sich kaum abgekühlt. Es weht kein Windzug, die stickige Hitze sitzt in den Mauern fest und lässt sich nicht vertreiben.

Als er die Kaffeemaschine einschaltet, zittern seine Hände noch immer. Während der Kaffee durchläuft, beschmiert er mehrere Scheiben Knäckebrot mit Butter und Marmelade und klappt sie zusammen. Dann füllt er den Kaffee in eine Thermoskanne, holt einen Becher aus dem Schrank und packt alles in einen flachen Korb, den er im Flur abstellt.

Erst geht er noch unter die Dusche, wobei er die Temperatur auf nur mäßig warm einstellt. Nachdem er frische Unterwäsche, ein leichtes Hemd und eine Baumwollhose übergezogen hat, fühlt er sich nicht mehr so zerschlagen.

Er beeilt sich und schnappt sich den Korb und den Haustürschlüssel. Er will sich nicht zu lange im Durchzug aufhalten. Seit Wochen leidet er an einer unbestimmten Erkrankung. Er ist wehleidig, empfindlich, spürt jeden Luftzug und der Nacken tut ihm weh. Die Nebenhöhlen sind verstopft, manchmal wird er nachts vom Pfeifen seiner Nase wach, die Ohren jucken und rauschen und beim Schlucken tut ihm der Hals weh, manchmal kratzt es. Ist das das Alter? Bedeutet Alt sein, dass Beschwerden, die man früher nicht bemerkt hat, denen man keine Aufmerksamkeit geschenkt hat, sich vordrängen, gesehen und gefühlt werden wollen, dass alles beschwerlicher wird, stärker und länger andauert? Dass sich eine Erkältung nicht mehr als einfacher Schnupfen zeigt, der nach drei Tagen heftigen Niesens und Schnäuzens wieder verschwunden ist, sondern als diffuse Erkrankung, die sich dumpf anhaltend über Wochen hinzieht, so dass die Phasen des Unwohlseins und der Beschwerlichkeit immer länger werden und die Zeitspanne der Leichtigkeit und Unbeschwertheit immer kürzer und ausgeprägter, intensiver?

Paul verlässt die Wohnung, geht ins Treppenhaus, öffnet auch dort alle Fenster und macht kurz im Eingangsflur halt, um die Tageszeitung aus dem Briefkasten zu angeln. Er flüchtet in den Hof, in seine grüne Ruheoase, wie er die aus Gartenmöbeln und einer Bank zusammengestellte Sitzecke nennt, die im Schatten der von Knöterich überwucherten Sandsteinwand steht, an der Grenze des Hinterhofs zum Nachbargrundstück, dort, wo Oleander, Oliven- und Zitronenbäumchen blühen, Kräuter ihren herben Duft verströmen und sich sogar standhaft ein Rosenbusch in dem kargen Erdboden hält. Hier sitzt er gerne am Abend und tratscht mit den Nachbarn, süffelt das ein oder andere Bier mit Karl oder mit dem Jungen, Florian aus dem Dachgeschoss. Seit die Hitzewelle eingesetzt hat, kommt er schon zum

Frühstück her, um so lange wie möglich etwas von der Kühle des Morgens abzubekommen.

Paul pflückt einige Erdbeeren, die immer noch in dem hängenden Topf an der Sonnenseite des Schuppens nachwachsen und macht es sich dann mit seinen Broten und dem Kaffee gemütlich. Ihm fällt ein, dass er noch die Blumen wässern muss, aber er fühlt sich zu erschöpft, um wieder aufzustehen. Also sitzt er da und beobachtet die Schwalben, die sich, seltsam aufgedreht, wie hektisch, bis fast hinunter in den Hof stürzen, um sich dann mit ihren ausgebreiteten sichelförmigen Flügeln und den gespaltenen Schwanzfedern wieder in die Luft zu erheben, dort ihre Kreise ziehen und hinauf auf das Dach fliegen.

Er denkt an den Traum, der ihn am frühen Morgen aus dem unruhigen Schlaf gerissen hat und versucht sich daran zu erinnern. Aber die Traumbilder zeigen sich ihm nicht klar. Sie verschwimmen und werden überlagert von Helenes Gesichtszügen. Helene Gruber, die er gestern wieder im Lindenpark getroffen hat und die immer noch glaubt, dass die Trinkkumpane von Johannes die Gedenkstätte neben den Sitzbänken errichtet haben. Aber er, Paul, war es gewesen, der das Holzkreuz hatte anfertigen lassen, zum Gedenken an einen ruhigen, bescheidenen Menschen und guten Freund. Erst nach und nach legten auch die Nachbarn und Kumpel von Johannes an diesem Ort Blumen nieder und steckten Kerzen an.

Seit sein Freund, mit dem er so viele Jahre in diesem Haus verbracht hat, im August vor zwei Jahren auf grausame Art und Weise im Lindenpark ums Leben gekommen ist, hat er, Paul, das Geschehnis in sich vergraben und mit niemandem darüber geredet. Bis Helene Gruber aufgetaucht ist und ihn ständig auffordert, sich der Erinnerung zu stellen.

»Nur so kannst du wirklich trauern«, meint sie.

Was weiß sie schon von dem, was in ihm vorgeht?

Vielleicht hätte Johannes noch gerettet werden können, wenn sie damals nicht so begriffsstutzig gewesen wäre. Ihr Hund hatte schon am Abend zuvor laut vor dem Gebüsch gebellt, in dem Johannes verletzt lag, aber sie hatte sich nichts dabei gedacht. Es war auch schon zu dunkel gewesen, um etwas erkennen zu können. Behauptet sie. Erst am nächsten Vormittag, als die Ratten rund um die Fundstelle des Toten wimmelten, wurde sie aufmerksam und schaute im Unterholz neben dem Teich nach. Viel zu spät.

Paul drückt Daumen und Zeigefinger in die Augenwinkel und reibt kräftig die Lider. Johannes war abends nie lange im Lindenpark geblieben, wenn er sich dort zum Trinken und Tratschen mit anderen Alkoholabhängigen getroffen hatte. Alkoholabhängig. Johannes war alkoholabhängig. Ein Säufer. Paul wollte das lange Zeit nicht wahrhaben. Vielleicht hätte er ihm helfen, ihn vom Trinken abhalten können. Aber er hatte die Anzeichen nicht erkannt. Und Johannes hat es lange Zeit sehr gut verborgen, auch vor sich selbst.

Paul trinkt einen Schluck Kaffee, um das trockene Gefühl in der Kehle weg zu bekommen. Es nützt nichts. Die beengte Empfindung im Hals nimmt weiter zu.

Selbst die Gewerkschaftsleute, für die Johannes als Bildungsreferent gearbeitet hatte, hatten nichts von seiner Alkoholsucht bemerkt. Und in der Nachbarschaft kannte niemand außer Paul seine Vorgeschichte. Keiner von ihnen hätte geglaubt, dass der Trinker, der nachmittags immer mit den Säufern und Obdachlosen im Lindenpark herumhing, ein diplomierter Pädagoge und politisch engagierter Bürger war. Die Saufkumpane nannten Johannes den *Professor* wegen seiner gewählten Aussprache, seines Humors und seiner Hilfsbereitschaft. Aber zu viel Respekt hatten sie dann doch nicht vor ihm gehabt, sonst hätten sie ihn nicht umgebracht.

Paul hatte einmal, als er nachmittags durch den Lindenpark ging, beobachtet, wie der *Professor* so sehr in ein Gespräch vertieft war, dass er ihn gar nicht bemerkte. Es war eher ein Monolog, denn nur er allein redete. Er gestikulierte, während er den anderen Säufern einen Vortrag hielt. Diese hingen bewundernd an seinen Lippen, aber einer von ihnen machte auch höhnische Bemerkungen. Der *Professor* hielte sich wohl für etwas Besseres.

Ein Laut wie ein Schluchzen entringt sich Pauls Kehle. Er erschrickt über dieses unerwartete Geräusch. Schnell greift er nach dem Knäckebrot, das allmählich weich geworden ist durch die Feuchtigkeit, die es aufgesogen hat, und schiebt es in seine Kehle. Er schluckt und spült mit Kaffee nach, weil das Essen so schwer hinunter rutscht.

Johannes war hoch intelligent und glänzte nach Aussagen eines ehemaligen Arbeitskollegen durch gute Arbeit, kreative Ideen und absolute Zuverlässigkeit. Auch wenn Johannes ihm manchmal mit seinem Gerede und seinem Philosophieren um die immer gleichen Themen auf die Nerven ging, steckte doch eine Menge Wissen dahinter und die Fähigkeit und der Antrieb, Dinge zu hinterfragen und ihnen auf den Grund zu gehen. Wie konnte es dazu kommen, dass Johannes so abstürzte und dass sein Leben ein so entwürdigendes, erniedrigtes und qualvolles Ende nahm? Obwohl Johannes nach außen hin so freundlich und umgänglich erschienen war, war er doch unergründlich gewesen.

Eine Tür im Flur knallt zu und Paul wird in die Gegenwart zurückgerissen. Er fegt die Krümel seines morgendlichen Frühstücks zusammen und wirft sie für die Vögel auf die Tränke. Dann geht er zum Wasserhahn und entrollt den Schlauch, um die Pflanzen zu wässern. Er will die Arbeit beenden, bevor die Sonne über die Hausfassaden steigt, mit ihrer Wärme alles durchdringt und die stehende Hitze den Hinterhof für sich vereinnahmen wird.

Gegen Mittag macht Paul sich zu seinem täglichen Spaziergang auf. Doch anstatt den gewohnten Weg in Richtung Lindenpark einzuschlagen, wo er Helene Gruber begegnen könnte, wendet er sich nach rechts in die nächste Nebenstraße, durchquert die Bahnunterführung und wandert in Richtung Volmerswerth. Seine Idee ist, bis hinunter zum Rhein und dann am Fluss entlang zu laufen. Doch so weit kommt er nicht. Die Straße zieht sich endlos an einem Bauzaun entlang und die Sonne brennt ihm auf den unbedeckten Schädel, weil er vergessen hat einen Hut aufzusetzen. Als er auf halber Strecke endlich die weite Grünfläche des Fleher Parks vor sich sieht, lockt ihn der alte Baumbestand zum Verweilen. Paul flüchtet in den Schatten.

Der Park ist viel weitläufiger als der Lindenpark. Es gibt mehrere Rasenflächen und Wiesen über die gesamte Anlage verteilt, auf denen sich überwiegend junge Leute niedergelassen haben, um sich zu sonnen. Sie dösen, räkeln sich und lungern herum. Die flimmernde Hitze stört sie nicht. Obwohl Paul von dem langen Weg hierher erschöpft ist, läuft er weiter, tief in den Park hinein. Dort, wo die alten Ahornbäume und Rotbuchen stehen. Dort, wo nur Schatten ist.

Es ist, als wäre er auf der Flucht.

Er will nicht ständig an Johannes erinnert werden und nachts schlecht träumen müssen. Vor allem möchte er nicht Helene Gruber begegnen. Die von Johannes spricht, als habe sie ihn selbst gekannt, als wäre er ihr Freund gewesen, als hätte sie allein ein Anrecht auf die Erinnerung an ihn. Wir waren mehr als Nachbarn, wir waren Freunde, möchte er ihr klar machen.

Pauls Stirn zieht sich zusammen, die Gesichtsmuskeln verkrampfen sich zu den Brauen hin, so dass er die Augen zusammenkneifen muss. Sein Gesicht verfinstert sich. Ein Kind, das im Kinderwagen sitzend an ihm vorbeigeschoben wird, schaut ihn erschrocken an. Er kann den Besuch im Fleher Park nicht so recht genießen. Es ist laut, vom Wasserspielplatz her klingt durchdringendes Gekreische zu ihm herüber. Es sind Schulferien und die Kinder der Umgebung, einschließlich der umliegenden Stadtviertel, nutzen den Ort für eine Erfrischung.

Ihm wird wieder schwindelig. Gilla hat ihn aufgefordert viel zu trinken, die Kopfschmerzen und Schwindelgefühle könnten auch davon kommen, dass er zu wenig Flüssigkeit zu sich nehme. Aber er hat vergessen, eine Flasche Wasser einzustecken.

Paul tritt aus dem Schattendunkel der Bäume heraus und geht hinüber zum Spielplatz. Die Klettergerüste sind mit Sprühdüsen ausgestattet, von denen Bögen und Fontänen in die Luft schießen. Kinder in Badehosen laufen unter dem wirbelnden Regen, manche von ihnen Wasserpistolen in der Hand, die ganz Kleinen begleitet von ihren Müttern oder Vätern. Nur wenige klettern auf die Stangen und Geräte.

Paul überkommt das unstillbare Bedürfnis sich abzukühlen. Er umkreist das mit einem federnden Untergrund ausgelegte Areal auf der Suche nach einer geeigneten Brause. Als er die Sonne im Rücken hat, erkennt er einen Regenbogen, der sich über der bogenförmigen Brücke gebildet hat. Er spaziert darunter entlang, ein Schauer überläuft ihn, als die Wassertropfen auf seine Haut treffen, prickelnde kleine Pfeile auf Kopf, Schultern und Armen. Er hält das Gesicht in die Sprühfontäne, bis er die Kinder und Erwachsenen durch die Gischt nur noch schemenhaft und wie hinter einem Schleier wahrnimmt.

Wenn man von Wasser umgeben ist, vergisst man leicht, dass es nicht ausreicht, die Feuchtigkeit nur von außen aufzunehmen. Im Schwimmbad oder auf einem Boot verspürt man kaum Durst. Doch man muss sich die Flüssigkeit auch innerlich zuführen, sie in sich hineingießen, um den Durst zu löschen. Dennoch erfrischt ihn die Spielplatzdusche ein wenig und er fühlt sich gestärkt für den Heimweg. Er nimmt sich vor, am Kiosk vorbeizugehen und eine Flasche Wasser zu kaufen.

Den Nachmittag verbringt Paul zu Hause in seiner Wohnung. Er hat die Fenster nach dem Lüften am Morgen geschlossen, damit die Hitze nicht hereindringt. Er hat feuchte Laken aufgehängt, die die Luft befeuchten und kühlen sollen. Er hat einen Mittagsschlaf gehalten und isst anschließend eine Kleinigkeit, etwas Kaltes. Er hat keine Lust zu kochen.

Am frühen Abend, als die Sonne gerade hinter den Häuserschluchten untergegangen ist, klingelt das Telefon. Es ist Helene, die sich wundert, dass er heute nicht im Lindenpark war. Sie erkundigt sich, ob es ihm gutgeht.

»Ich habe das Holzkreuz aufgestellt«, platzt es aus ihm heraus. »Johannes war mein Freund. Ich konnte wunderbar mit ihm philosophieren. Die Themen gingen uns nie aus.«

Er hält inne, ist erstaunt darüber, dass die Worte so aus ihm herausquellen.

Helene sagt nichts.

Paul merkt, dass sein Gesicht plötzlich feucht ist, dass ihm die Tränen über die Wangen laufen.

»Ich war heute im Fleher Park.«

»Den kenne ich, manchmal bin ich mit meinem Enkel dort. Wir können gerne auch zusammen gehen«, antwortet Helene ruhig.

»Ich träume schlecht, ich habe so schlimme Träume, dass ich nicht mehr einschlafen kann«, sprudelt es weiter aus ihm heraus.

Helene schweigt wieder.

Dann sagt er: »Ich habe Angst.«

Er hört Helenes Atem im Telefonhörer. Doch ihre Stimme klingt ruhig, als sie nach einigen Sekunden in die Leere hinein spricht:

»Hast du Lust auf ein Eis?«

Paul, jäh herausgerissen aus dem Teufelskreis seiner Gedanken, stockt verblüfft: »Eis essen?«

»Es ist so ein schöner Sommerabend. Lass uns in die Eisdiele gehen und draußen sitzen. Welches ist deine Lieblingssorte?«

Paul muss erst überlegen. Es ist Ewigkeiten her, dass er in einem Eiscafé war.

»Krokant«, fällt ihm ein, »ich nehme einen Krokantbecher.«

Er hört Helene lachen. »Spaghetti-Eis. Ich bestelle immer Spaghetti-Eis.«

Ihr Lachen klingt wie Wasserperlen auf seiner Haut.

Gilla

Seit Willi tot ist, bin ich im Sommer nicht mehr in Urlaub gefahren. Auch früher konnten wir immer nur für kurze Zeit verreisen, weil mindestens einer von uns in der Apotheke anwesend sein musste und Willi den Laden nicht gerne einem der Mitarbeiterinnen überließ.

Es ist Ende Juli und die Stadt ist überhitzt und diesig, ausgetrocknet, unser Viertel liegt verlassen und ungewohnt friedlich da, weil seine Bewohner an angenehmere Orte gereist sind, wo die Hitze besser zu ertragen ist. Aber die Altstadt und die Königsallee sind voll von Touristen. Ich frage mich, was an dieser Stadt so sehenswert ist. Teure Geschäfte und eine Flanierpromenade am Rhein, die in die berüchtigte Partymeile übergeht. Ansonsten zugebaute Flächen, untertunnelte Straßen, Großbaustellen. Die gesamte Stadt liegt unter einer Dunstdecke im Kessel der Flussebene, schwere Schwüle breitet sich aus.

Es ist erst zehn Uhr am Vormittag. Und obwohl der Fußweg vom Grünen Haus zu meiner Apotheke nur kurz ist, bin ich schon verschwitzt. Ich stehe vor dem Schaufenster und betrachte erstaunt die Auslage. Dort ist, geschützt durch einen Glaskasten, das Modell eines Apothekerladens um die Zeit von 1900 aufgebaut, in der Größe einer Puppenstube. Der Verkaufsraum ist mit verschnörkelten Holzregalen eingerichtet, die bis zur Decke reichen. Darin sind fein säuberlich Apothekengläser aufgereiht, beschriftet mit den original lateinischen Bezeichnungen der Arzneimittel. Hinter dem Verkaufstresen steht ein Apotheker in Puppengröße mit weißem Kittel. Ich habe dieses Modell auf dem Trödelmarkt entdeckt und erstanden, habe es liebevoll und sorgfältig wieder hergerichtet und mit einer Glashaube versehen, damit es nicht verstaubt. Jahrelang hat es in meinem Büro gestanden, wo es von niemandem beachtet wurde. Nun hat es jemand in das Schaufenster der wirklichen Apotheke gestellt.

Meiner Apotheke.

Willi wollte die alte Einrichtung herausreißen lassen, als er damals das Ladenlokal übernahm. Aber ich bestand darauf, dass er die Holzverkleidung an den Wänden und die eingebauten Regale mit den Apothekenschränken aus der Jahrhundertwende darin beließ. Es war das erste Mal, dass ich etwas gegen den Willen meines Mannes durchsetzen konnte. Ich überzeugte ihn davon, dass sich die Menschen in diesem Stadtteil in einer heimelig eingerichteten Apotheke wohler fühlen würden als in einem von einer Glasfassade gesäumten, mit Metallregalen ausgestatteten und von blinkenden Neonröhren bestrahlten Verkaufsraum für Wellness-Produkte. Nur dieses eine Mal hat Willi mir geglaubt. Weil ich von hier bin, weil ich die Menschen hier kenne.

Durch die Schaufensterscheibe sehe ich Frau Breuer hinter der Theke stehen. An ihrer aufmerksamen Körperhaltung erkenne ich, wie geduldig sie der älteren Kundin lauscht, die ausführlich ihre Beschwerden schildert. Seit ich ihr im Frühling das lange Wochenende über den Laden alleine überlassen habe, hat Frau Breuer sehr viel mehr Selbstvertrauen gewonnen, sowohl im Umgang mit den Kunden als auch mit unserem Computersystem, das sie nun sicher bedient.

Spontan betrete die Apotheke durch die vordere Glastür, die für die Kunden bestimmt ist, und nicht durch den Hintereingang über den Hausflur nebenan. Ein altmodisches Glockengeläut begleitet mich, als ich die Tür öffne. Frau Breuer hebt den Kopf und lächelt mir etwas verunsichert, aber freundlich zu.

»Guten Morgen, Frau Witt.«

Ich hebe die Klappe, die den Tresen verschließt und den Kundenbereich von den hinteren Räumen trennt, und schlüpfe an ihr vorbei.

»Lassen Sie sich von mir nicht stören. Ich bin im Büro und kümmere mich um die Bestellungen. Machen Sie ruhig hier im Laden weiter.«

Kurz bevor ich im hinteren Raum verschwinde, der als Labor, Lager und Büro dient, drehe ich mich noch einmal kurz zu ihr um.

»Übrigens, die Puppenstuben-Apotheke macht sich sehr gut im Schaufenster.«

Ein scheues, aber dankbares Lächeln huscht über Frau Breuers Gesicht, bevor sie sich wieder der Kundin zuwendet.

Im hinteren Teil der Apotheke ist es angenehm kühl. Nachdem ich in den Kittel und bequeme Schuhe geschlüpft bin, sortiere ich die eingetroffenen Lieferungen. Der Großteil besteht aus homöopathischen Arzneimitteln, pflanzlichen und anderen Naturheilmitteln, Bachblütentropfen und Schüßlersalzen. Schon zu der Zeit, als Willi noch die Apotheke führte, wollte ich die herkömmlichen Medikamente, über deren chemische Zusammensetzung ich während des langen Studiums so viel gelernt hatte, durch natürliche Mittel ergänzen, um die Symptome zu lindern und wenn möglich aufzulösen.

Seit ich die Apotheke allein führe, habe ich mich auf natürliche Heilmittel spezialisiert. Auch wenn diese Mittel nicht mehr von den Krankenkassen bezahlt werden, habe ich einen festen treuen Kundenstamm, an den ich liefere. Ich halte diesen Bereich tapfer aufrecht und mittlerweile kommen Bestellungen aus der ganzen Stadt und den umliegenden Gemeinden zu mir, über meinen Online-Shop seit Neuestem sogar aus ganz Deutschland.

Ich arbeite auch noch die Online-Bestellungen ab und dann rufe ich, einem Impuls folgend, die Internet-Suchmaschine auf. Problemlos finde ich Gunters Homepage. Die Seite braucht einige Zeit, bis sie vollständig hochgeladen ist. Dann blickt mich Gunter mit seinen klaren blauen Augen unter kräftigen Brauen direkt an, sein breiter, leicht geschwungener Mund lächelt gutmütig.

Gebrüder Schönhardt GmbH in Duisburg-Meiderich, lese ich, ein kleines mittelständisches Unternehmen, Metallverarbeitung, Stahl- und Rohrleitungsbau, Blechkonstruktionen. Ich erfahre, dass die Geschichte der Firma, die von den Brüdern Gunter und Helmut geführt wird, schon immer fest mit dem Fußballverein Meidericher Spielverein verbunden war. Gunter war früher selbst Profi-Fußballer, sein Bruder spielte bei den Amateuren des MSV.

Das hatte er mir nicht erzählt. Auch nicht, dass er seine Fußballerkarriere nach einer schweren Knieverletzung hatte beenden müssen. Allerdings war mir aufgefallen, dass Gunter das rechte Bein leicht nachzog, als er mit mir durch die Ausstellungshalle des Lehmbruck-Museums in Duisburg schlenderte, was ich aber auf seine leicht gekrümmten Beine geschoben hatte, die seinen stämmigen Körper tragen. Als korpulent würde ich Gunter nicht bezeichnen, obwohl er kaum größer ist als ich, eher als knuffig, solide, bodenständig.

Aufgefallen war mir auch, dass Gunter nicht der Typ ist, den man üblicherweise im Kunstmuseum antrifft. Die Gemäldeausstellung der Expressionisten, wegen der ich eigentlich gekommen war, interessierte ihn überhaupt nicht. Er wollte nur die technischen Konstruktionen von Jean Tinguely sehen, die ihn faszinierten.

Und so lernten wir uns kennen.

Im Museums-Café, das sich frei zugänglich im Ausstellungsbereich befindet, am Ende des Glaskorridors, der in das Gebäude mit den Gemälden führt, in dem

Vorraum zu den Expressionisten. Ich hatte mir die bewegten Skulpturen im vorderen Saal gar nicht erst angeschaut, sondern war gleich durchgelaufen zu den Bildern.

Aber als Gunter sich zu mir an den Tisch setzte, den einzigen noch freien Platz im Café, unkompliziert und wie selbstverständlich das Gespräch begann, während er ein Stück Marmorkuchen aß und eine Tasse Kaffee trank, und mir begeistert von der Technik vorschwärmte (»Die Gebilde sind aus allen möglichen Materialien zusammengesetzt, auch aus Metall und anderen Gebrauchsgegenständen«), wurde ich neugierig.

Er fasste mich am Ellbogen und führte mich zurück zu der geräumigen hellen Ausstellungshalle, in der man sich fast verliert, und steuerte auf ein mechanisches Konstrukt zu, das sich wie ein Perpetuum Mobile unaufhörlich bewegte. Es gab unglaublich viele Details zu entdecken, eine unbeschreibliche Formen- und Farbenvielfalt, auf die Gunter mich aufmerksam machte. Es gab keinen Stillstand. Ein an einem schmiedeeisernen Gitter befestigter Gartenzwerg rotierte auf Rädern und Stangen auf und ab und versetzte dadurch zahlreiche andere Gegenstände in heftige Bewegung. Märchenrelief.

Ich sprach Gunter auf den Brunnen mit der Plastik von Niki de Saint Phalle an, der in der Duisburger Innenstadt aufgestellt ist. Eine imposante blaue adlerähnliche Skulptur, an die sich eine weibliche Figur klammert. Wasserkaskaden, die in weitem Bogen aus den

Flügeln dieses Fabelwesens hinabstürzen, eine majestätische Erscheinung. *Life Saver*.

Doch obwohl Gunter in dieser Stadt aufgewachsen ist, wusste er nicht, dass der Brunnen ein Gemeinschaftswerk der Künstlerin und Jean Tinguelys ist, dass beide miteinander verheiratet waren und auch zusammen gearbeitet haben. Und als ich über *Plastik als Bewegung, kinetische Kunst* und *abstrakte Formen und Farben* sprach, blieb Gunter unbeeindruckt. Er benutzt eine einfache, direkte Sprache, die Sprache des Ruhrgebiets.

Ich hatte nichts dagegen, dass er mich zum Hauptbahnhof begleitete, dass wir unsere Telefonnummern austauschten, nachdem wir oben auf dem Bahnsteig angekommen waren, dass er mit mir gemeinsam auf den Regionalexpress wartete, mir nachschaute, bis ich einen Sitzplatz am Fenster gefunden hatte und dass er mir zuwinkte, bis ich ihn nicht mehr sehen konnte. So, als kenne er mich schon ewig.

Ich schließe das Internet und stelle den Computer auf Standby, hole mir eine Apfelschorle aus dem Kühlschrank und öffne die Tür zu der kleinen gepflasterten Terrasse hinter der Apotheke, stelle die Flasche auf dem Gartentisch ab, setze mich aber nicht auf einen der beiden Klappstühle, sondern hole mein Handy aus der Kitteltasche. Die Nummer von Gunter ist noch abgespeichert. Beim dritten Klingeln hebt er ab, meldet sich kurz und knapp mit einer lauten, polterigen, aber trotzdem weichen und warmen Stimme. Leichter Ruhrpott-Akzent.

»Gunter? Hier ist Gilla. Witt. Ich weiß nicht, ob du …, ob Sie sich an mich erinnern. Wir haben uns im Lehmbruck-Museum getroffen.«

»Gilla! Natürlich weiß ich, wer du bist. Wie geht es dir?«

Im Hintergrund höre ich laute Geräusche, metallig, scheppernd, hämmernd. Jemand ruft etwas, es hallt.

»Ich möchte dich nicht bei der Arbeit stören.«

»Du störst nicht«, antwortet er prompt in gutmütigem Ton. »Aber ich habe tatsächlich gleich einen Kunden zu Besuch. Ich melde mich zurück. So in einer Stunde?«

»Gut.«

Ich will gerade den roten Knopf zum Beenden des Gesprächs drücken, als Gunter dazwischen ruft:

»Oder …, warte! Hast du am Samstag schon etwas vor?«

»Kommt darauf an, um welche Uhrzeit.«

»Am Nachmittag, 15.30 Uhr. Du könntest mit ins Stadion kommen. Ich habe zwei Dauerkarten, aber mein Bruder kann am Samstag nicht. Es ist Saisonbeginn. Wird ein tolles Spiel und wunderbares Sommerwetter dazu.«

Ich höre ihn unterdrückt durch den Hörer atmen.

»Zum Fußball …« Ich zögere. Das ist nicht gerade die Freizeitbeschäftigung, die ich mir vorgestellt habe.

»Ich weiß, es ist etwas anderes als ins Museum zu gehen …« Er spricht den Satz nicht zu Ende. Erwartungsvolle Stille.

»Ich war noch nie in einem Fußballstadion«, antworte ich, ohne weiter zu überlegen. »Und gehört Fußball im Ruhrgebiet nicht auch zu den kulturellen Veranstaltungen?«

Gunter lacht erleichtert auf. »Schick mir deine Email-Adresse, ich lade dir eine Wegbeschreibung hoch und erkläre dir, wo wir uns treffen.«

Bevor wir uns verabschieden, füge ich hinzu: »Sag mir noch, wer spielt!«

Es spielt der MSV gegen den VfL Wolfsburg, die Zebras also gegen die Wölfe. Bei dem Gedanken muss ich ein hysterisches Kichern unterdrücken. Ich bin seltsam aufgedreht, sitze in der S-Bahn und kann kaum still sitzen. Ich trinke aus meiner Wasserflasche und atme einige Male tief durch. Meinen schnellen Herzschlag kann ich trotzdem nicht beruhigen. Die Luft ist heiß und stickig, aber durch die geöffneten Fenster weht ein frischer Fahrtwind. Ich halte meine Nase in den Luftzug und sehe hinter den geschlossenen Augen die Lichtschatten vorbeiziehen.

Eine neue kulturelle Herausforderung erwartet mich, nach Gospel-Chor, Josephine-Baker-Konzert, Schamanen-Seminar, Gesangs-Workshop und Museumsbesuch soll es also Fußball sein. Wie unterschiedlich doch die Veranstaltungen sind, an denen ich in letzter Zeit teilgenommen habe.

Ein Bild schiebt sich vor mein inneres Auge und verdrängt das Wechselspiel von Licht und Schatten, rotem, gelbem und weißem Leuchten. Sylvia, die teilnahmslos auf ihrem Hotelzimmer in Kißlegg im Allgäu auf dem schmalen Einzelbett liegt. Sie hatte einen Migräneanfall, was auch der Grund dafür war, dass sie nicht zu der Vorführung der Azteken gekommen war, auf der ich Marcel getroffen hatte. Bis zu unserer Abfahrt am Sonntagnachmittag verließ sie das Zimmer nicht mehr. Es ging ihr nicht gut und sie machte einen deprimierten Eindruck auf mich. Irgendwie schien sie mir die Schuld dafür zu geben.

Während der Rückfahrt war sie zunächst still, fast unnahbar, dann grantig und unzufrieden, so dass sich das Gefühl der Stärke und Energie, das sich über das Wochenende in meinem Inneren aus einer kleinen Knospe der Lebensfreude heraus entfaltet und bis in alle Bahnen meines Körpers hinein verteilt und ausgebreitet hatte, bald wieder zusammenzog und verkapselte, wo es nicht mehr zugänglich war und sich schließlich vollständig verflüchtigte.

Seit dem Schamanen-Seminar bei Karl Decker habe ich nichts mehr von Sylvia gehört oder gesehen. Sie ist nicht mehr zum Chor gekommen, obwohl sie zuvor immer zuverlässig und regelmäßig dabei war, sie hat mich nicht mehr angerufen und getroffen haben wir uns auch nicht mehr. Meine Nachrichten hat sie nicht beantwortet. Ende, Schluss, Aus.

Ich habe eine Freundin verloren und weiß nicht warum. Ich brauche sie nicht. Ich begebe mich alleine auf Unternehmungsreise. Besuche Museen im Rheinland und im Ruhrgebiet. Ich habe mir ein Opern-Abo bestellt und werde ab Herbst regelmäßig in die Oper gehen. Ich werde neue Interessensgebiete entdecken. Wie zum Beispiel den Fußball.

Ich kann ein ironisches Grinsen nicht unterdrücken.

Wir fahren in den Bahnhof am Flughafen ein und es wird angenehm schattig. Ich öffne die Augen. Reges Treiben, Sommer-Hauptsaison, braun gebrannte, aber vom Flug übermüdete Reisende auf den Bahnsteigen. Hektisches Aus- und Einsteigen, Rangieren mit großen Gepäckstücken. Die Türen schließen sich wieder. Wir fahren weiter.

Die Landschaft verändert sich. Wir haben die Großstadt hinter uns gelassen. Keine grauen Häusermauern mehr, keine mit Graffiti besprühten Bahndämme. Wir fahren an grünen und gelben Flächen vorbei, Rapsfelder, Maisfelder, Weizenfelder. Blauer Himmel, weiße Schäfchenwolken, satte grüne Wiesen. Weite Sicht bis zum Horizont. Niederrhein.

An jeder S-Bahnhaltestelle steigen Fußballfans zu, die Vorfreude ist greifbar, bis schließlich in den Wagenabteilen ein fröhliches Gedrängel in einem weiß-blauen Farbenmeer herrscht. Ein Abnicken zur Begrüßung, Fachsimpelei und Geplänkel. Hier und da eine Bierflasche, die zum Mund geführt wird. Kaum Gelächter, dazu ist die Erwartung zu angespannt, zu unsicher die Vorstellung, dass der MSV diesmal in der ersten Liga wird bestehen können. Nur gegen die Wölfe nicht zu verlieren, würde schon ausreichen.

Wir kommen in Duisburg-Schlenk an und der Bahnsteig ist voller Menschen. Ich schließe mich ihnen an, denen, die den Weg kennen, die zielgerichtet zum

Ende des Bahnsteigs streben. Der Strom zieht in eine Richtung. Vorne beugt sich der Lokführer aus dem Fenster des S-Bahn-Zugs. »Gegen wen spielen sie heute? Na, dann viel Glück!«

Unten auf der Wacholderstraße angekommen, die direkt zum Stadion führt, fließen weitere Menschenströme zusammen, auf dem Gehweg, von den Bushaltestellen, den Parkplätzen, begleitet von einer Autoschlange, die Fahrzeuge und deren Insassen mit Schals und Wimpeln geschmückt, aus den geöffneten Fenstern wehen Fahnen, tönen Vereinslieder.

In einem Pulk von Menschen überquere ich die Kreuzung, werde auf den Zufahrtsweg zum Stadion gezogen, laufe direkt darauf zu und kann es nun endlich vor mir sehen, vier Masten, in den blauen Vereinsfarben gestrichen, die die Dachkonstruktion tragen, Treppen, die zu den Tribünen hinaufführen, und eine überwältigende im Sonnenlicht glänzende Glasfassade, mit dem überdimensionalen Zebra-Logo darauf, in der sich Wolken, Wiese und Menschen spiegeln. Musik und Lautsprecherstimmen, die aus dem Innenraum Richtung Himmel geworfen werden, schallen weit über das Stadion hinaus. Gesänge haben eingesetzt. Lautes Klatschen und Rufen.

Immer hastiger laufe ich auf den Haupteingang zu, kann es kaum noch erwarten, möchte endlich das Gebäude betreten, möchte das überwältigende Bild in mich aufnehmen, werde den satten grünen, etwas moderig duftenden Rasen, die aufsteigenden Tribünen, die raunenden Menschengruppen, Arbeiter und Malocher, Büroangestellte und Akademiker, Jugendliche, Schüler und Studenten, Familien mit Kindern, Alte und Junge vereint, Fangesänge und Hymnen, Trommeln und Klatschen, das Fahnenmeer und geschwenkte Schals beim Zebra-Twist wahrnehmen und über allem den Geruch von gegrillter Bratwurst und kühlem Bier.

Gunter steht an der Tür zum VIP-Bereich. Ich laufe direkt auf ihn zu. Es ist als werde ich zu ihm getragen. Er hält einen blau-weiß gestreiften Schal in den Händen, legt ihn mir um den Hals, zieht mich zu sich heran und drückt mir einen Kuss auf den Mund. Er schmeckt nach frischer Luft, Sonne und Wind. Dann gehen wir in den Innenraum, um auf der Tribüne gemeinsam die Hymne zu singen, »Wir sind Zebras weiß-blau ...«.

Karl

Die Mittlere Welt verbindet die Untere und die Obere Welt. Sie ist Mittler zwischen der Ebene, in der die Seelen verwurzelt sind, und der ätherischen geistigen Sphäre. Aber sie ist nicht die reale Welt. Sie ist nicht materiell. Sie ist nicht sichtbar. Nur für den Schamanen, der sich im Trance-Zustand auf Reisen begibt.

Dennoch ist die Mittlere Welt für manche Menschen spürbar. Karl hatte schon seit längerem den Eindruck, dass Paul zu diesen feinfühligen Menschen gehörte. Paul war krank. Und Karl wusste, dass Paul krank war, weil er sich in dem Grünen Haus von etwas gestört fühlte. Unablässig erzählte er von Johannes, der früher in der Dachgeschosswohnung gelebt hatte und der auf brutale Weise ums Leben gekommen war. Pauls Geist kam nicht zur Ruhe. Und sein belastetes Gemüt drückte sich in körperlichen Beschwerden aus.

Wie so häufig in diesem Sommer saßen sie auch an diesem Abend im Hof, das Licht war verschwunden, aber wenn sie die Köpfe zurücklegten, konnten sie einen Ausschnitt des Himmels erkennen, ein türkises, an den Rändern dunkelblau und lila eingefärbtes Viereck, das von den umgebenden Häuserwänden gebildet wurde. Die verwelkenden Blüten des Rosenstocks verströmten ihren betörenden Duft. Paul hatte eine Laterne mit einer Kerze darin auf den Tisch gestellt und hin und wieder traf ein Insekt auf die Glasumhüllung auf. Die Luft war so warm, dass sogar Grillen im Gras des Nachbargrundstücks zirpten.

Karl trank Fassbrause aus der Flasche, eine erfrischende, prickelnde, säuerlich schmeckende Zitronenlimonade, Paul nippte an seinem Glas Bier. Er sah nachdenklich aus, blass und angestrengt, er brütete über etwas.

»Was ist dran an deinem Schamanen-Hokuspokus?«, fragte er schließlich. »Ich meine, ist das nicht alles Einbildung? Die ganze Trommelei und das Gesinge, was bringt das?«

Karl saß entspannt auf seinem Gartenstuhl und wartete darauf, dass Paul weitersprach.

»Gilla hat mir erzählt, dass sie sich von dir auf eine schamanische Reise hat schicken lassen. Sie sei ihrem Krafttier begegnet.« Er trank sein Glas aus und knallte es auf den Tisch. »Das klingt mir alles zu esoterisch. Ich dachte, du würdest Manager-Seminare leiten.«

Karl wendete den Blick nicht von Paul ab.

»Es hat nichts mit Esoterik oder Spiritualität zu tun, auch wenn es so klingen mag. Der Schamanismus ist eine urtümliche Form der ganzheitlichen Heilung. Schamanen sind nichts anderes als Therapeuten.« Karl wedelte einen Nachtfalter weg, der vor seiner Nase flatterte und einen wilden Tanz aufführte. »Versuch dir vorzustellen, dass jedes Mal, wenn du krank bist oder etwas Traumatisches erlebt hast, ein Stück Seele verloren geht und das Gleichgewicht von Körper, Geist und Seele gestört wird. Bei einer Erkrankung ist nicht nur der Körper betroffen, sondern auch Geist und Seele werden davon erfasst. Und umgekehrt. Der Schamane versetzt sich in einen Trance-Zustand und begibt sich in die nicht-materielle Welt, um dort verlorene Seelenanteile des Patienten wiederzufinden und die Seele zusammenzufügen.«

Darüber musste Paul erst einmal gründlich nachdenken.

»Du meinst also, es wäre auch möglich, dass die Seele leidet und dadurch der Körper krank wird?«

Karl nickte.

»Helene sagt, ich würde nicht trauern. Ich glaube eher, dass ich zu viel trauere. Die Erinnerung an Johannes lässt mich einfach nicht los.« Paul starrte blicklos vor sich hin.

»Du musst deinen Geist von den schädlichen Gedanken befreien«, antwortete Karl ruhig.

»Ich spüre seine Anwesenheit noch immer.«

Karl stützte die Ellbogen auf den Armlehnen seines Stuhls auf und legte die Handflächen aneinander. Er betrachtete Paul über die Fingerspitzen hinweg. »Manchmal haben sich die Verstorbenen noch nicht vollständig verabschiedet, etwa wenn sie abrupt aus dem Leben gerissen wurden. Sie hängen dann quasi zwischen den Welten und wir nehmen die Schwingungen wahr, die von ihrer Anwesenheit ausgehen.«

Paul runzelte widerwillig die Stirn. »Du meinst, Johannes spukt noch durchs Haus?«

»Versuch es dir bildhaft vorzustellen. Solange du auf die Erinnerung an deinen Freund fixiert bist, ist er als Energie wahrnehmbar und vorhanden.«

Paul füllte erneut sein Bierglas. »Vielleicht hast du nicht ganz unrecht. Ich bin in letzter Zeit so rastlos, kann nicht schlafen, träume schlecht, bin tagsüber gereizt. Das Ganze macht mich völlig fertig.« Er stierte in sein Glas, der weiße Schaum auf dem Altbier hatte sich in der Wärme schnell aufgelöst.

Karl beugte sich vor. Seine Hände kamen auf dem Tisch zu liegen. »Ich könnte für dich eine Reinigungszeremonie durchführen.«

Pauls buschige graue Augenbrauen wanderten hoch, so dass sich mehrere Reihen tiefer Falten auf seiner Stirn bildeten.

»Reinigung? Wie geht das?«

Karl würde dazu in die Mittlere Welt reisen müssen. In der Mittleren Welt arbeitet der Schamane mit unsichtbaren Energien, die sichtbare Dinge bewegen. So viel wusste er. Aber er hatte es noch nie ausprobiert. Er war bisher in die Untere Welt gereist, um sich seelische Stärke zu holen, und er war in die Obere Welt gereist, um seinen Geist zu schärfen. Nun war es offensichtlich an der Zeit, sich in die Mittlere Welt zu begeben, um mit den Geistern zu kommunizieren, die in allen Erscheinungen dieser Welt stecken. Und hierfür würde er das geeignete Ritual finden.

»Mit Trommeln und Singen«, antwortete er auf Pauls Frage, wobei er die Lippen zu seinem charakteristischen schiefen Lächeln verzog.

Die Falten auf Pauls Stirn vertieften sich und er schaute sein Gegenüber äußerst kritisch an. »Willst du nicht gleich mit einer Wünschelrute durchs Haus laufen, um schädliche Energien aufzustöbern?« Er klang spöttisch.

Karl hob seine Brauseflasche und prostete Paul zu. Auch er konnte ironisch dreinblicken.

»Das ist gar keine schlechte Idee.«

Seine bisherigen Rituale hatten darin bestanden, die Gruppenteilnehmer auf eine Traumreise zu schicken, Visualisierungen zu erzeugen, die ihre Vorstellungskraft förderten und ihnen ermöglichten, gelassener und gestärkter mit stressbehafteten Situationen umzugehen. So war auch sein erstes Seminar verlaufen, das im Grünen Haus stattgefunden hatte und das Gilla ins Leben gerufen hatte. Er hatte nie wirklich an eine Geisterwelt geglaubt. Aber er hatte ein feines Empfinden dafür, wenn von Menschen oder einer bestimmten Umgebung schädliche Energien ausgingen, die einem die Kräfte raubten, ohne einem erneut innere Stärke zuzuführen.

Vor allem verspürte er ein Unbehagen, wenn er bei den Managern war, den jungen dynamischen und innovativen Start Up-Unternehmern. Ihm wurde jedes Mal mulmig, wenn er einen dieser Glas- und Stahlpaläste oder umgebauten Lofts aus der Hafengegend betrat. Unwillkürlich fühlte er sich zurückversetzt in die Zeit, als er selbst als Wirtschaftsprüfer und Unternehmensberater arbeitete, nahm wieder den Stress wahr, die Angespanntheit und die Adrenalinschübe, dieses ständige Vorwärtsstreben und Entwerfen und Besprechen und Konzipieren und Planen und Telefonkonferenzen führen und Deadlines einhalten, Aktivitäten, die fälschlicherweise als Zeichen der Kreativität und Produktivität angesehen wurden, die aber nur Ausdruck eines pausenlosen Hastens und Übereilens waren und letztlich nichts anderes als Vorboten von Burnout. Wenn Karl eines gelernt hatte während seiner Zeit als Schamane, dann war es dies: Wer Energie verbrauchte, musste sich neue Energie zuführen, Regeneration, Erholungspausen und Muße. Das war die einzige simple Wahrheit hinter allem. Und dennoch trug er letztlich mit seinen Beratungen und Seminaren dazu bei, diese Leute zu noch mehr Leistung und Durchsetzungskraft zu befähigen, so dass sie sich weiter und weiter antreiben und hetzen konnten.

Widersprüchliche Gedanken beschäftigten Karl und obgleich er erkannte, dass er wieder in diesen Sog von manischer Aktivität hineingezogen wurde, konnte er es nicht sein lassen. Die vibrierende Energie der sich stetig erneuernden und neu definierenden Großstadt, die Dynamik, die ihre Bewohner ausstrahlten, steckte ihn an. Und so erging es ihm auch an diesem Nachmittag, als er im Café *Heinze* auf einen Geschäftspartner wartete.

Das Café *Heinze* war das am meisten angesagte Café im Stadtteil und wurde hauptsächlich für geschäftliche Besprechungen genutzt. Karl glaubte zunächst, er wäre am falschen Ort, als er ein baufälliges Gebäude vor sich sah. Der Laden befand sich in der Hausruine eines ehemals stolzen Bürgerhauses, das im Zweiten Weltkrieg bis unters Dach zerstört worden und danach nicht wieder vollständig aufgebaut worden war. Statt der Dachgaube war ein Flachdach aufgesetzt worden, das immer noch wie ein Stück hässlicher grauer Beton das Haus nach oben hin provisorisch abdeckte. Nur die Jugendstilfassade war stehengeblieben. Die Fenster blickten blind und von zerfressenen Holzrahmen umgeben auf die viel befahrene Kreuzung. Im Inneren wirkte das Gebäude heruntergekommen und vergammelt, der Besitzer hatte die Wände unbehandelt gelassen, Ziegelsteine und Mörtel waren sichtbar, dazwischen Schichten von zerfressenem Holz, die Einrichtung zusammengewürfelt, unbequeme Holzstühle und wackelige kleine Tische. Dafür waren die Preise für Kaffee und Snacks überdimensional hoch.

Das *Heinze* stand eingekeilt wie ein amputierter Stumpf zwischen zwei weiteren, stolz aufgerichteten Altbauten, die es zu stützen schienen. Doch direkt dahinter erhob sich ein Hochhaus aus Stahl- und Glaskonstruktion, das den Blick in die Fluchtrichtung verstellte. Die Leute arbeiteten in diesen Hochhäusern und gingen zum Kaffeetrinken in die Bruchbude. Karl konnte nicht nachvollziehen, warum das so war. Die verschnörkelten Gebäude und die Infrastruktur dieses urtümlichen alten Stadtviertels wurden vereinnahmt, in teure Lofts und Gewerbeeinrichtungen umgewandelt. Die Leute, die sich hier ausbreiteten, waren so anders als Paul, sein Nachbar, dessen Familie schon seit mehreren Generationen hier gelebt hatte. Gentrifizierung nannte man das wohl.

Trotz der anhaltenden Hitzewelle war es im Inneren des Cafés kühl und etwas muffig. Karl war froh, dass ein Platz unmittelbar am Fenster frei wurde, er hätte sich nur ungerne in das schummrige Innere des Ladenlokals gesetzt. Er bestellte einen Macha Latte, und Max, sein künftiger Geschäftspartner, der bald darauf eintraf, einen doppelten Espresso. Nicht dass sie es nötig gehabt hätten sich zu pushen, sie surrten auch ohne diese Extra-Portion Koffein mit einer enormen Drehgeschwindigkeit. Das Gespräch wurde nur hin und wieder von den vorbeifahrenden Straßenbahnen gestört, die mit erheblichem Getöse um die Kurve zur Haltestelle an der viel befahrenen Kreuzung fuhren. Silbergraue Blitze wurden sie genannt.

Karl und Max waren sich einig: Karl sollte eine Beteiligung an dem innovativen Start-Up-Unternehmen erwerben, das Max im Hafen betreiben wollte, ein Restaurant mit einer neuen Form des Services (das Essen wurde frisch hinter einer Theke zubereitet, der Gast wählte aus und ließ seine Mahlzeiten nach seinen eigenen Wünschen zusammenstellen, setzte sich an einen freien Tisch und wartete, bis ein elektronisches Piepsignal ihn dazu aufrief, sein Essen an der Theke abzuholen, wenn es fertig zubereitet war. Dazu sollte eine App entwickelt werden, über die sich die Gäste mit anderen Leuten in diesem bestimmten Lokal verabreden konnten).

Als privater Investor würde Karl einen Zuschuss vom Bund erhalten, zehn Prozent der Investitionssumme sollte er erstattet bekommen. Er brauchte nur mindestens 10.000 Euro in das Unternehmen zu stecken. Auf diese Weise sollten neue Marktideen und technischer Fortschritt, vor allem aber auch Capital Venture-Geber gefördert werden. Eine Geschäftsidee, die sich lohnte.

Karl war ein Business Angel geworden.

Nachdem Max das *Heinze* wieder verlassen hatte, bestellte Karl sich noch einen Tee und arbeitete eine Weile an seinem Tablet. Nachdem er die geschäftlichen Daten festgehalten hatte, die sich aus dem Gespräch mit Max ergeben hatten und die er für den Förderungsantrag als Business Angel benötigte, öffnete er eine neue Datei und skizzierte seine Ideen, die ihm für die Reinigungszeremonie im Grünen Haus durch den Kopf gegangen waren. Die Reise in die Mittlere Welt würde ihn nicht in die Tiefen der Seelen und die Höhen der geistigen Vorstellungskraft führen, sondern würde sich bodenständig hier in der materiellen realen Welt vollziehen. Er würde Paul helfen und begleiten. Und er hatte schon eine Vorstellung davon, wie es ablaufen könnte.

Die Luft war drückend und schien im Treppenhaus zu stehen. Mit jeder Etage, die sie hinaufstiegen, wurde es heißer und stickiger. Karl hatte vorgehabt, das Haus mit reinigendem Salbei zu räuchern. Aber als sie das Innere betraten, erschien ihm der Gedanke, in der brütend heißen Atmosphäre die getrockneten Kräuter zu verbrennen, unerträglich. Deshalb hatten sie die Zeremonie im Hof begonnen, wo er eine Muschelschale mit Salbei abgebrannt und den Rauch verteilt hatte. Dann hatte er auch Paul mit dem reinigenden Rauch umhüllt und seine Beschwörungsmelodie gesungen. Das sollte ausreichen. Hier im Treppenhaus schlug Karl nur die Trommel und gebrauchte hin und wieder die Rassel, um bestimmte Stellen und Nischen, in denen er Energieblockaden vermutete, besonders gründlich zu läutern. Karl erkletterte die Stufen langsam und gleichmäßig und ließ Paul genügend Zeit, ihm zu folgen. Er hörte, wie der ältere Mann hinter ihm keuchte und bemerkte, wie er sich mit einem Taschentuch den Schweiß von Gesicht und Nacken wischte, wenn sie Halt machten.

Ihr Ziel war die Mansarde neben der Wohnung im Dachgeschoss. Hier oben roch die Luft wie in einem aufgeheizten Backofen. Karl wollte das Ritual zügig durchführen, damit sie sich nicht länger als unbedingt nötig dieser unglaublichen Hitze aussetzen mussten.

Paul hatte bereits im Hof die Geschichte erzählt, wie sie die Wohnung im Dachgeschoss und die Mansarde nach Johannes' Tod vorgefunden hatten. Sein früherer Nachbar war nach innen schon lange verwahrlost gewesen. Nach außen hatte er jedoch den Schein eines geordneten Lebens aufrechterhalten. Jeden Morgen verließ er mit einer ledernen Aktentasche in der Hand das Haus, korrekt und freundlich, so als würde er immer noch einer geregelten Arbeit nachgehen. Dabei hatte er schon vor zwei Jahren angefangen, systematisch die Gegend abzulaufen und die öffentlichen Abfallbehälter auf der Suche nach leeren Pfandflaschen abzusuchen. In der Aktentasche, die er an einem Henkel bei sich trug, hatte er immer zwei Flaschen Bier bei sich, die er brauchte, um seinen Alkoholpegel auf das richtige Niveau zu bringen und damit das morgendliche Zittern aufhörte.

Sobald die Stadtteil-Bücherei am Vormittag ihre Türen für den Publikumsverkehr öffnete, betrat Johannes als einer der ersten Besucher die Räumlichkeiten, suchte sich die aktuellen Tages- und Wochenzeitungen heraus und setzte sich an einen Lesetisch neben der Kaffeemaschine. Während er die Gazetten von vorne bis hinten durchlas, verfeinerte er allerdings den Kaffee, der am Automaten für die Leser zur Verfügung gestellt wurde, jeweils mit einem Schuss aus der Schnapsflasche. Johannes konnte auf diese Weise die Zeit bis zum Nachmittag herumkriegen. Dann durchforstete er auf dem Weg zum Lindenpark die Altpapier-Container nach weiterem Lesestoff. Auf diese Weise angelte er sich Zeitungen, zerlesene Taschenbücher und Groschenromane aus dem Müll, die er in seiner Aktentasche nach Hause schleppte und in Stapeln über die gesamte Wohnung verteilt aufbewahrte. Auch andere Gegenstände, die er für gebrauchsfähig hielt, nahm er mit, für den Fall, dass er sie irgendwann einmal verwenden könnte. So hatte Johannes über die Jahre allen möglichen Kram angesammelt und nach und nach die Mansarde angefüllt, bis sie kaum noch betreten werden konnte. Nur Johannes hatte in dem scheinbaren Chaos den Durchblick, und hatte sogar sein eigenes Ordnungssystem, das niemand außer ihm durchschaute, und das jeder anderen Person als Müllhaufen erschienen wäre. *Messie-Syndrom* hatte der Polizeibeamte es genannt, der Paul an dem Sonntagmorgen aufgesucht hatte, nachdem sie Johannes gefunden und identifiziert hatten.

Paul hatte mit dem Polizisten zusammen die Wohnung im Dachgeschoss betreten und war von der Unordnung, die dort herrschte, nahezu erschlagen worden. Abgesehen von den gesammelten Zeitungen, Büchern und Gebrauchsgegenständen fanden sie eine unübersehbare Menge an Flaschen, hauptsächlich leere Bier- und Weinflaschen, sowie Behälter hochprozentiger Getränke, Schnaps und Wodka. Nicht nur sämtliche Abstellflächen in der Küche, also Tisch, Arbeitsplatte, Fensterbänke, und alle leeren Flächen am Fußboden, die nicht begehbar waren, waren vollgestellt, sondern auch das Badezimmer. Die Badewanne war vollständig mit Pfandflaschen angefüllt, die Johannes wohl irgendwann einlösen wollte, wozu er aber nicht mehr gekommen war.

Er hatte Paul schon lange den Zutritt zu seiner Wohnung verwehrt. Früher hatten sie noch gemeinsam die Abende verbracht und sich bei einer gutbürgerlichen Mahlzeit eine Sendung im Fernsehen angesehen oder einfach nur geredet. Johannes konnte stundenlang über das aktuelle Tagesgeschehen sowie über politische, gesellschaftliche und philosophische Themen palavern. Manchmal steigerte er sich geradezu in einen Gedanken hinein, musste ihn immer wieder von allen Seiten beleuchten, wiederholte und wiederholte sich verbissen, nur um auf seinem Standpunkt zu beharren und seinen Gesprächspartner zu überzeugen. Selbst wenn Paul eingelenkt und längst zugestimmt hatte, damit Johannes endlich Ruhe gab, setzte dieser seine Litanei fort und fing in seiner nicht enden wollenden Argumentationskette wieder und wieder von vorne an. Paul musste gestehen, dass er zuletzt häufig die Geduld verlor und sich nur schwer beherrschen konnte, wenn Johannes sich so zwanghaft verhielt. Er hatte immer Recht haben wollen, rechthaberisch war er gewesen.

Das war dann letztlich auch der Grund gewesen, dass Johannes sein Leben lassen musste. Er war seinen späteren Mördern immer wieder auf die Nerven gegangen, indem er sie bezichtigte, im Park eine alte Frau umgebracht zu haben. Etwa ein Jahr vor Johannes' Tod war eine 72-jährige Frau im Lindenpark ertrunken. Die Polizei ging davon aus, dass die schwer herzkranke Frau an dem betreffenden Abend stark alkoholisiert in den Teich gefallen war. Johannes konnte einfach nicht von der fixen Idee ablassen, dass seine Saufkumpane ihren Tod verursacht hatten, indem sie die Frau provozierten, damit sie sich aufregte. Sie hatten sie dazu getrieben, zum Teich zu laufen, wo sie schließlich verstarb.

Diesen Vorwurf wollten sich die beiden Täter aber nicht gefallen lassen. Als Johannes verkündete, er werde den Vorfall am nächsten Morgen zur Polizei bringen, kam es zu einem Wortgefecht zwischen den Beteiligten und zu einem handfesten Streit, bei dem die beiden jungen Männern auf Johannes einprügelten, bis er am Boden lag. Dort traten sie weiter auf ihn ein, rissen schließlich eine Parkbank aus ihrer Verankerung und ließen sie auf den wehrlos am Boden liegenden Johannes fallen.

Paul hatte sich während der Erzählung mit dem Handrücken über die Augen gewischt. Er hatte alles vor sich gesehen, es lief wie ein Film ab. Die Bilder hatten sich aus eigenen Wahrnehmungen, aus Zeitungsberichten und Gerichtsverhandlungen, an denen Paul als Zeuge teilgenommen hatte, wie ein Mosaik zusammengesetzt, dessen einzelne Teile sich aufgelöst und dessen Unebenheiten und Unschärfe er geglättet hatte.

Die beiden Täter waren zwar vom Tatort verschwunden, hatten dann aber befürchtet, dass der noch lebende Johannes sie verpfeifen würde. Deshalb gingen sie zurück in den Lindenpark, wo sich der Verletzte in der Zwischenzeit aufgerappelt hatte. Auf der Mitte der Brücke über den Teich holten sie ihn ein und schleuderten ihn über das Geländer in das brackige Wasser. Einer von den beiden ging nach unten ans Ufer, stieg in den Teich und drückte Johannes so lange unter Wasser, bis er still wurde. Dann schleiften die beiden Männer den leblosen Körper in ein Gebüsch am Ufer. Dort ließen sie Johannes liegen, um nach Hause zu gehen und sich abzutrocknen.

Aber damit war immer noch nicht genug. Es reichte ihnen noch nicht. Sie kehrten erneut in den Park zurück, diesmal hatten sie Handschuhe und ein Messer dabei. Im Gebüsch hatte Johannes das Bewusstsein wieder erlangt. Da stachen sie abwechselnd auf ihn ein. Sechsundzwanzig Mal.

Dreist wie sie waren, hatten die beiden Männer am Vormittag nach dem Mord wieder im Lindenpark gesessen und Karten gespielt, während sie die Polizei dabei beobachteten, wie sie den Tatort untersuchten.

Paul hatte angefangen zu schluchzen, als er die Geschichte von Johannes zum ersten Mal seit dem tragischen Ereignis vollständig berichtete, so dass sich alle Teile zusammenfügten und er sie selbst offen vor sich liegen sah. Es war erschütternd, diesen robusten Mann so gebrochen zu sehen. Aber als Karl die Reinigungszeremonie begann und Paul den Salbeirauch einatmete, richtete er sich sichtbar auf und schien wieder der Mann zu sein, der er einmal gewesen war. Bevor das alles geschehen war.

Mit einem klackenden Geräusch sprang das schwer gängige Schloss zu der Mansarde auf. Die mit Holzlasur überstrichene hohe Eingangstür schliff über eine fleckige Auslegeware, öffnete sich nur widerstrebend und gewährte den Blick auf mehrere Stapel von Kisten, Zeitungen, Sammelalben, Kartons, ausgenommenen Computern und anderen elektrischen Geräten, Lampen, Kabeln, Stühlen, so hoch gestapelt, dass sie fast bis zur Decke reichten und nur ein schmaler Durchgang zum Fenster übrig blieb. Die Fensterscheibe war verstaubt und von außen hatten sich Spuren von getrockneten Regentropfen abgelagert, so dass man kaum hindurch sehen konnte.

»Ich glaube es nicht.« Claudia hatte, durch die Trommelschläge und das Rasseln im Treppenhaus aufmerksam geworden, die Tür zu ihrer Dachgeschosswohnung geöffnet und einen Blick in die bis dahin verschlossene Mansarde geworfen. »Hier steht sogar noch mehr Gerümpel herum als bei unserer ersten Wohnungsbesichtigung.«

»Der Raum wirkt gedrungener und bedrohlicher, als ich ihn in Erinnerung hatte.« Auch Florian war vor die Wohnungstür getreten und verfolgte das Geschehen mit sichtbarem Interesse.

In diesem Augenblick entlud sich die seit Tagen herrschende drückende Schwüle in einem heftigen Gewitter. Niemand von ihnen hatte auf das Donnergrollen geachtet, das Rumpeln, das über dem Dachstuhl zu hören war, und das nun von heftig zuckenden grellen Blitzen begleitet wurde. Für Sekundenbruchteile wurde das blinde Mansardenfenster von außen geblendet und erstrahlte bläulich-weiß. Dann herrschte wieder matte Dunkelheit und das Hämmern großer prasselnder Regentropfen setzte ein.

Karl ließ seine Trommel, die er vor der Brust gehalten hatte, sinken. Seine Arbeit war getan. Das Gewitter würde seine reinigende Wirkung zeigen und die Zeremonie auf natürliche Weise beenden. Er legte Paul die Hand auf die Schulter und drückte sie.

»Wir werden die Mansarde gemeinsam ausräumen und die Dinge, die Johannes hier hinterlassen hat, wegschaffen«, bekräftigte Florian. »Ich werde dir dabei helfen, Paul.«

Paul schüttelte Karl und Florian die Hand. Die Tränen liefen ihm wieder über das Gesicht, aber er schämte sich nicht.

»Ich wollte dich eigentlich anschließend im Hof auf ein Getränk und einen kleinen Snack einladen«, sagte er zu Karl. »Das geht nun bei dem Gewitter nicht.«

Er wandte sich zu Florian und Claudia. »Aber ihr dürft gerne alle zu mir in die Wohnung kommen. Dann können wir noch eine Weile beisammen sitzen.«

»Das machen wir sehr gerne«, antwortete Karl. Florian und Claudia nickten. In ihrer Wohnung war es unerträglich heiß und es würde einige Zeit dauern, bis sie nach dem Gewitter abkühlte.

»Vielleicht können wir uns auch auf deinen Balkon setzen«, schlug Florian vor. »Wir haben so selten Gelegenheit dazu.« Er grinste. Sein jugendliches Feixen wirkte ansteckend. Karl atmete befreit auf. Und zum ersten Mal, seit er in das Grüne Haus eingezogen war, sah er Paul mit einem Lachen auf dem Gesicht.

Herbst

Florian und Claudia

Die Farben sind vergangen. Das Bunte hat sich verändert und ist verschwunden, ist zu Grau geworden. Grau entsteht immer dann, wenn ich zwei Komplementärfarben des Farbkreisels, die sich im Ostwaldschen Farbkörper gegenüberliegen, übereinanderlege. Rot und cyan-blau, magenta und grün, blau und gelb ergeben jeweils zusammen grau.

Ich sehe ein reines, klares, stahlhartes Grau. Keine Grauschattierungen oder Grauabstufungen, wie du sie einmal beschrieben hast, Claudia. Nichts anderes. Keine Farben, kein schwarz und kein weiß. Grau. Schwarz und weiß, die beiden unbunten Farben, im Malkasten miteinander vermengt, werden ebenfalls zu grau. Der Kontrast löst sich auf.

Aber ohne das Schwarz gäbe es das Weiß nicht. Du und ich, Claudine, wir ergänzen uns. Wenn wir zusammen sind, uns gemeinsam in unserer Dachgeschosswohnung aufhalten, zersetzen sich unsere Eigenarten, werden wir zu einem Gemenge aus grauem Nebel, in dem unsere Konturen verschwimmen, unsere Gegensätze in kleine Partikel zerfallen, bis uns nichts mehr erhellt, bis alles verdunkelt ist. Stählern. Grau.

Meine Fotos erfahren das Graue, indem ich sie ihrer Farbsättigung beraube. Dadurch werden sie verschwommen, bleiern, konturlos, nichts sticht mehr hervor. Das Grau lastet wie eine schwere, undurchdringliche Decke über meinen Motiven, erstickt sie. Und dennoch treten sie stahlhart und klar umrissen hervor.

In den letzten Tagen habe ich viel an diesen grauen, metallen wirkenden Fotos gearbeitet. Ich habe den Rechner mit der großen Speicherkapazität, wie ich sie für die Bildbearbeitung benötige, in der Mansarde aufgestellt. Einen alten Schreibtisch hat Paul mir besorgt. Es wird noch einige Wochen dauern, bis ich in die Räume im Erdgeschoss umziehen, mein eigenes Fotostudio einrichten kann, solange werde ich die Mansarde nutzen, die du nun doch nicht brauchst. Aber den Mietvertrag habe ich heute unterschrieben. Es ist unumkehrbar, Claudine. Wirst du mit mir in das Erdgeschoss hinabsteigen? Wirst du weiterhin deine Lebenszeit mit mir verbringen? Was wird aus uns, wenn du nicht mitkommen willst? Wo würdest du künftig leben? Ohne mich. Ohne uns.

Florian, als ich dir damals vor einem knappen Jahr etwas von Grauschattierungen sagte, meinte ich, dass das Leben nicht nur aus weiß und schwarz besteht, sondern dass es auch Abstufungen dazwischen gibt. Zwischentöne, die du nicht erkennen willst. Es gibt nicht nur gut und böse, schön und hässlich, richtig und falsch, Lieben und Hassen. Gerade diese Abstufungen, Schatten, Töne dazwischen sind entscheidend und sie sind das, was es für dich so schwierig macht, das Leben, unser gemeinsames Leben, unser Zusammensein zu begreifen und zu handhaben. Weil du es nicht erkennen willst.

Wenn du von grau sprichst, dann ist es eine Vermengung, ein kollektiver Brei, eine Zusammensetzung aus einzelnen Bestandteilen, die ihren Charakter, ihre Eigenschaften verlieren, weil sie in dem Gemenge aufgehen. Selbst die Farben werden zu einem eintönigen, ununterscheidbaren Mischmasch. Grau. Eintönig. Einöde. Apathie. Das ist für mich Stillstand, Florian. Ich will mich weiter entwickeln, will mich entfalten, meine Fähigkeiten ausleben.

Aber du willst mich nicht sehen. Und wenn du mich nicht siehst, dann ist es so, als wären alle diese Bestandteile, alle diese Partikel, die mein Wesen, meine Persönlichkeit und Individualität ausmachen, gar nicht vorhanden. Ich brauche Menschen, die mich sehen. Mit all meinen Facetten, all meinem Potenzial, das ich abrufen werde.

Es hört nie auf, Florian.

Deine Frage ist sinnlos, geht ins Leere.

Da ist dieser innere Motor, der mich antreibt, diese Neugierde und dieser Wissensdurst, die mich nie ruhen lassen. Ich will nicht in zwanzig Jahren auf die Vergangenheit, also auf das Jetzt zurückblicken und bereuen, nicht alle Möglichkeiten ausgeschöpft, nicht alle Chancen, die sich mir angeboten haben, genutzt und nicht alle Wege, die sich mir eröffnet haben, beschritten zu haben.

Das ist der Grund, weshalb ich nach Freiburg gefahren bin. Um meinen ehemaligen Professor aufzusuchen, der mein Potenzial erkannt, der mich immer gefördert hat. Ich bin mir sicher, dass er der Doktorvater für mein Projekt sein wird. Ich werde eine Dissertation schreiben.

Der Zeitpunkt ist richtig. Genau richtig.

Die Idee zu dem Thema ist durch meine Arbeit in der Kanzlei in Düsseldorf entstanden. Marken- und Designrecht ist ein hochaktuelles Gebiet. So vieles ist in Bewegung, so vieles verändert sich. Und mein künftiger Doktorvater hat mich schon während der Studienzeit, als ich bei ihm als wissenschaftliche Hilfskraft arbeitete, auf die Idee gebracht, auf diesen Pfad, dem ich nun folgen werde.

Ich werde die Doktorarbeit während meiner Referendarzeit schreiben. Nein, ich bin noch nicht voll ausgelastet. Ich habe mit dem Senior-Anwalt der Kanzlei gesprochen. Meine Aussichten, nach dem Examen als Anwältin und spätere Teilhaberin aufgenommen zu werden, erhöhen sich, wenn ich promoviert habe. Zwar würden die Sozien auch akzeptieren, dass ich die Promotion nach erfolgter Anstellung innerhalb der ersten ein bis zwei Jahre nachhole, aber von einer Kollegin weiß ich, dass das nicht stemmbar sein wird. Als Junganwältin werde ich so gefordert sein, dass kaum noch Zeit für Freizeitaktivitäten bleiben wird. Bei einem

60-Stunden-Job werde ich auch nicht mehr in der Lage sein, am Abend und an den Wochenenden an meiner Doktorarbeit zu schreiben.

Ich habe alles perfekt geplant, Florian.

Was ich nicht nachvollziehen kann, ist deine Teilnahmslosigkeit, deine Apathie, dein phlegmatisches Verhalten.

Gut, du wirst dein eigenes Fotoatelier haben. Aber wer wird dich unterstützen und fördern? Wer wird die notwendigen Kontakte und Beziehungen herstellen, die du in diesem Job benötigst und von denen du profitieren kannst? Martin sicherlich nicht. Du bist jetzt sein Konkurrent.

Du lachst?

Du willst nicht mehr für die Werbebranche und für Marketing-Firmen fotografieren?

Wovon willst du dann leben?

Womit wirst du deinen Lebensunterhalt verdienen?

Oder hast du etwa darauf spekuliert, dass ich durch mein Einkommen für uns beide sorgen würde?

Weißt du, Florian, wenn ich entfernt von dir bin, so wie jetzt, in einer anderen Stadt, umgeben von anderen Menschen, meinen Menschen, die mich sehen und verstehen, meine Bedürfnisse und Wünsche akzeptieren und helfen, sie zu befriedigen und zu erfüllen, dann erscheinst du mir so anders. Dann bist du nicht mehr selbstbewusst, selbstsicher, nicht gewandt im Umgang mit erfolgreichen, bedeutenden Menschen.

Dann sehe ich dich mit Abstand.

Dann verlierst du deine Farbe.

Dann geht alles verloren, was uns verbindet. Unsere Innerlichkeit.

Dann betrachte ich dich von außen.

Dann erscheinst du mir tatsächlich nur noch grau. Unscheinbar.

Von: Flo28@black-and-white.com
An: Claw29@email.com
Betreff: Schämst du dich für mich?

Meine liebe Claudia,

unser Gespräch hat vieles offen gelassen. Das, was ich wirklich von dir wissen will, ist ungesagt geblieben.

Wo wirst du künftig leben?

Nicht im Dachgeschoss. Und auch nicht im Erdgeschoss. Du willst nicht zwischen Fotogeräten, Computern und Wänden voller Fotografien wohnen. Also wirst du dem Grünen Haus Lebewohl sagen. Dich von ihm verabschieden.

Und zugleich wirst du mich verlassen.

Wer sind die Menschen, deine Menschen, die dich sehen? Was sind das für Personen, von denen du gesehen werden willst, Claudia? Was können sie dir geben? Sozialen Standard, gesellschaftliche Anerkennung. Ein komfortables Leben in einem der luftigen Lofts, die im Hafen entstanden sind. Nobel und schick soll es sein. Aber Unterbilk und die Hafengegend sind schon längst

gentrifiziert. Sie sind wieder out. Der neue, aufstreben-
de Stadtteil ist Flingern. Willst du nach Flingern ziehen? Dieser Stadtteil war dir bisher immer zu unge-
pflegt, zu chaotisch und schmutzig.

Schämst du dich für mich, Claudia?

Wieso bezeichnest du mich als apathisch, als
phlegmatisch? Als ungewandt und wenig selbstbewusst? Damit machst du mich klein. Unbedeutend.
Damit leugnest du unsere innere Verbundenheit, unsere gemeinsamen Vorstellungen von einem menschli-
chen Beisammensein.

Ich bin strebsam, Claudia. Ich verfolge ein Ziel,
schon seit Jahren. Es ist darauf ausgerichtet, mein eigenes Fotoatelier zu eröffnen, in dem ich die Projekte
umsetzen kann, die mir am Herzen liegen. Ich bin gerade dabei, es zu verwirklichen. Warum lehnst du es
ab? Du unterstellst, dass meine Ideale von Fotografie
zu künstlerisch sind, als dass ich damit erfolgreich sein
könnte. Was ist Erfolg für dich, Claudia?

Für mich bedeutet es, mich auszudrücken, etwas
darzustellen und mitzuteilen. Bilder, Stimmungen und
Gefühle beim Betrachter zu erzeugen. Abbildungen,
Spiegelungen von den bildhaften Eingebungen, die aus
mir herauskommen. Von mir aus nenne es Kunst. Es
verschafft mit innere Befriedigung. Wenn ich ein Projekt fertiggestellt habe, empfinde ich Selbsterfüllung.

Ist das nicht Erfolg?

Brauchst du die Bestätigung von anderen Menschen, die dich ständig beurteilen und bewerten, dir
Noten und Zensuren verpassen, Bescheinigungen und

Zeugnisse ausstellen? Bist du dir selbst nicht genug? Du bist es, die für sich selbst etwas darstellen muss, das was du bist und tust ist entscheidend, nicht die Identität, die dir eine Autoritätsperson verleihen soll.

Warum bist du der altmodischen Meinung, dass ich, der Mann, dein Partner, sozial über dir, der Frau, stehen, höher gestellt sein muss? Du musst mich nicht vorzeigen können, ich muss nicht Beschützer und starker Mann sein, nur damit du in der Gesellschaft bestehen kannst.

Du sollst mich einfach nehmen, wie ich bin.

Das ist Liebe, Claudia.

Und auf diese Weise habe auch ich dich immer geliebt.

Doch warum schreibe ich das alles auf?

Du wirst die Worte lesen, aufnehmen, durch dich hindurch gleiten lassen, du wirst sie nicht festhalten, betrachten und verstehen. So wie du auch meine gesprochenen Worte nicht an dich herangelassen hast, sie ignoriert hast und nicht hören wolltest.

Unsere gemeinsame Zeit im Grünen Haus neigt sich seinem Ende zu.

Von: Claw29@email.com
An: Gilla@Apotheke-Witt.de
Betreff: Umzug ins Erdgeschoss

Sehr geehrte Frau Witt,

vielen Dank für die Zusendung des neuen Mietvertrages, der für die Räume im Erdgeschoss gelten soll. Unsere Kündigung für die Dachgeschosswohnung haben Sie bereits erhalten. Wie Sie aber vielleicht noch nicht wissen, werde ich nicht gemeinsam mit Florian Schwarzer umziehen. Den neuen Mietvertrag wird allein Herr Schwarzer unterschreiben. Deshalb bitte ich Sie, das für mich bestimmte Exemplar des Mietvertragsformulars als hinfällig zu betrachten.

Ich bedanke mich für die Zeit, die ich im Grünen Haus verbringen durfte und wünsche Ihnen alles Gute.

Viele Grüße

Von: Gilla@Apotheke-Witt.de
An: Claw29@email.com
Betreff: AW: Umzug ins Erdgeschoss

Liebe Frau Bach,

wie traurig zu lesen, dass Sie nicht mit in die Räume im Erdgeschoss ziehen werden. Gerne würde ich Ihnen diese Worte persönlich mitteilen, aber ich konnte Sie leider nicht im Haus antreffen.

Ich habe das Gefühl, Sie in der ganzen Zeit gar nicht richtig kennengelernt zu haben, und nun wollen Sie das Grüne Haus schon wieder verlassen. Von Beginn an hatte ich den Eindruck, dass Sie beide, Florian Schwarzer und Sie, sich sehr gut in unsere kleine Hausgemeinschaft einfügen und sie ergänzen. Ich freue mich sehr, junge Menschen um mich zu haben, und Sie beide wirken so lebendig und einfallsreich. Auch hatte ich immer das Gefühl, dass Sie gut zueinander passen. Aber ich möchte mich selbstverständlich nicht in Ihre privaten Angelegenheiten einmischen. Vielleicht wollen Sie es sich aber doch noch einmal überlegen? Sie können sich jederzeit an mich wenden, wenn es noch etwas zu besprechen gibt.

Sollten wir uns nicht mehr sehen, wünsche ich Ihnen an dieser Stelle jedenfalls alles Gute für Ihre weitere Zukunft.

Viele herzliche Grüße

Von: Claw29@email.com
An: Flo28@black-and-white.com
Betreff: RE: Schämst du dich für mich?

Florian,

ich habe eine kleine Wohnung, eigentlich nur ein Zimmer, in dem Haus, in dem auch Babs und ihr Freund Markus wohnen. Das Haus gehört Markus' Eltern, die beiden wohnen dort mietfrei und verlangen von mir nur einen anteiligen Beitrag zu den Betriebskosten.

Ich habe langfristig vor, mir eine Wohnung zu suchen, in der ich dauerhaft bleiben werde. Zur Zeit ist es sehr schwierig, das Richtige zu finden, da sehr viele Menschen nach Düsseldorf ziehen, die nicht täglich aus den umliegenden Städten hierher pendeln wollen oder können, und der Wohnraum wird allmählich knapp – jedenfalls was erschwinglichen Wohnraum angeht. Und viel Geld für Miete habe ich nicht. Das weißt du. Ich lebe von meinem Referendargehalt, das sehr niedrig ist, und verdiene mir in der Rechtsanwaltskanzlei etwas dazu. Aber auch die Sozien zahlen nicht sehr viel. Es wird kaum ausreichen, auch die Kosten, die für die Erstellung der Dissertation anfallen werden (Fahrtkosten, Literatur, Portokosten und später das Lektorat), tragen zu können. Erst wenn ich das zweite Staatsexamen bestanden und damit meine Ausbildung abgeschlossen habe, werde ich als angestellte Rechtsanwältin ein relativ hohes Gehalt beziehen können.

Dein Angebot, in dieser Übergangszeit bei dir im Erdgeschoss des Grünen Hauses wohnen zu bleiben, das ich sehr entgegenkommend finde, muss ich leider ablehnen. Es geht nicht darum, ob das Zimmer im Haus von Babs und Markus nur eine Zwischenstation ist. Wichtig ist, dass ich schon im richtigen Stadtviertel bin, in dem ich später dauerhaft unterkommen will. Damit wäre ein wichtiger Schritt getan. Flingern ist ein aufstrebender Stadtteil. Immer mehr ehemalige Gewerbegebiete werden aus- und umgebaut in Wohn- und Arbeitsraum. Der heruntergekommene schmutzige Stadtteil, von dem du gesprochen hast, ist Flingern Süd. Ich aber werde nach Flingern Nord ziehen. Hier ist es richtig schick. Ende November öffnen die Geschäfte, Ateliers, Galerien, die Gastrobetriebe und andere Locations bis Mitternacht ihre Türen für Besucher. Es gibt für alle Sinne etwas zu entdecken, Essen und Trinken, Geschenkartikel, Kunstgegenstände und Lebenskultur. Ich brauche also nicht die Königsallee, um in dieser Stadt glücklich zu werden. Hier kann ich Leute kennenlernen und die Kontakte knüpfen, die ich brauche. Ich bin froh, Babs wiedergetroffen zu haben. Sie und Markus sind meine ersten Beziehungen und weitere werden folgen.

Auch du würdest mit deinem Fotoatelier gut hierher passen, Florian. Würdest du dich nur nicht so einigeln und von deiner sozialen Umgebung abgrenzen.

Ich schäme mich nicht für dich, Florian. Aber ich brauche einen Partner an meiner Seite, der repräsentieren kann. Der, falls nötig, sich selbst darstellen kann. Aber das verweigerst du mir. Und dadurch fühle ich mich gebremst.

Ich erwarte nicht, dass du sozial über mir stehst. Aber ich muss dich vorzeigen können. So ist das nun einmal, wenn man – so wie ich – beruflich und gesellschaftlich erfolgreich sein will.

Ich wünsche dir dennoch, dass du mit deinem Fotostudio und deinen Schwarz-Weiß-Projekten das erreichen wirst, was du dir vorgenommen und erwünscht hast.

Meine restlichen Sachen werde ich kommende Woche abholen, Babs und Martin werden mir dabei helfen.

Du weißt, wo du mich erreichen kannst, Florian.

Von: Flo28@black-and-white.com
An: Claw29@email.com
Betreff: November-Grau

Claudia,

das November-Grau begleitet mich. Nackte Bäume strecken sich gegen einen verhangenen Himmel. Der sich dahin wälzende Fluss, in den sich die Wolken hängen lassen, ist aufgewühlt und schlammig. Nasse Straßen. Silbrig-fein glänzende Fäden von Nieselregen setzen sich auf den Fensterscheiben ab. Glatte Fassaden, die Gebäude treten mit ihren klaren stahlgrauen Kanten gegenüber dem diesigen, milchig-grauen Herbst scharf abgegrenzt hervor.

Zwischen den gläsernen Bürokomplexen stehen niedergedrückt und halb verdeckt die wenigen übrig gebliebenen gemütlichen Wohnhäuser, die Altbauten, die die Geschichte dieser Stadt erzählen können. In den Schatten gestellt oder in den Glasscheiben widergespiegelt wie nicht mehr lebende Geister.

Ich habe mein Fotoprojekt gefunden, Claudia: Alt und Neu. Bürogebäude neben alten Wohnhäusern. Die Gegensätze einer gentrifizierten Stadt. Ich habe eine Mappe zusammengestellt und sie dem internationalen Fotowettbewerb vorgelegt, für den ich mich beworben habe.

Das Leben geht weiter, mit dir oder ohne dich, Claudia, verfolge ich meinen Weg. Deine Kraft und dein Weiß verbleiben bei mir. Verinnerlichtes Licht.

Du und ich, wir symbolisieren das Weiß und das Schwarz, das sich zum Grau vereint. Gebündelte Lichtstrahlen, die in konzentriertem Weiß aufleuchten, werden zu zusammengepresster, komprimierte, schwarz erscheinender Energie, die sich so extrem zusammengezogen hat, dass sie ein gigantisches Ausmaß angenommen hat. Goldsirup aus Zuckerrüben, gewonnen aus dem wärmenden, Kraft spendenden Sonnenlicht, Steinkohle, über Jahrmillionen umgewandelt in schwarze Materie, schwarze Löcher, mit einer solch starken Anziehungskraft, das mir die Worte dafür fehlen, sie zu beschreiben.

Von: Claw29@email.com
An: Flo28@black-and-white.com
Betreff: RE: November-Grau

Florian,

es freut mich für dich, dass du den Fotowettbewerb gewonnen hast. Das wird dazu beitragen, dass du in Künstlerkreisen einen Bekanntheitsgrad erlangst, um deine Projekte weiter fortzuführen.

Aber bitte, schreibe mir nicht mehr.

Wir sind keine Symbiose aus dem sich ergänzenden Weiß und Schwarz, wir sind nicht die undefinierbare Verbindung, die zu Grau wird, weil man das Weiß und das Schwarz nicht mehr auseinanderhalten kann.

Vor allem wünsche ich, dass du den wirren Gedanken aufgibst, mich verinnerlicht zu haben.

Unser gemeinsamer Weg ist nun beendet, Florian.

Von: Flo28@black-and-white.com
An: Claw29@email.com
Betreff: Heiliger Baum

Weißt du noch, Claudia, unser Spaziergang im geologischen Garten in Bochum? Ein Abgrund tat sich vor uns auf. Inmitten der Stadt eine Schlucht. Ein steiler Abstieg führte hinab in eine längst vergangene Erdenzeit. Unvorstellbare Zeitdimensionen. Der Steinkohle-Flöz, eine Explosion aus komprimierter Energie, verborgenes Licht, eingebettet in undurchdringbares Schwarz. Nun freigelegt und zu Tage gefördert aus dem Dunkel der Erdschichten.

Die zarten biegsamen Bäumchen auf der Wiese ein Anachronismus, von Menschenhand angelegt. Ein breites, gefächertes, fein geädertes, in der Mitte stark eingekerbtes und ansonsten noch völlig grünes Blatt trugst du mit nach Hause. In einer Strähne deines Haares hatte es sich verfangen. Ginkgo. Ein lebendes Fossil, der einzige lebende Vertreter einer ausgestorbenen Gruppe von Samenpflanzen, ursprünglich aus China und Japan stammend.

Sie sind resistent gegen Autoabgase und filtern besonders gut die Schadstoffe aus der Luft. Sie dienen der Luftverbesserung. Ich betastete die kräftige Äderung des nahezu herzförmigen Blattes. Die Japaner verehren den Ginkgo seit Jahrhunderten als heilig, weil er Lebenskraft spendet und Wunder verheißt. Sie stellen sich unter den Baum und erbeten ihre Wünsche. Welch eine Vergeudung, diese heiligen Bäume für unsere eigennützigen Zwecke zu missbrauchen und hierher zu verpflanzen. Nur wenige von ihnen überleben den Frost in einem harten Winter.

Von: Claw29@email.com
An: Flo28@black-and-white.com
Betreff: RE: Heiliger Baum

Die Anpflanzung der Ginkgo-Bäume in unseren verseuchten Städten sehe ich nicht als Vergeudung an, Florian. Umweltschutz ist doch nicht eigennützig, sondern dient der gesamten Menschheit.

Deine Sichtweise und deine Nostalgie für Vergangenes kann ich nicht teilen. Auch kann ich diese Baumart nicht als Fossil ansehen. Anders als die freigelegten Klippen aus rotem Geröll, die vor Urzeiten vom Meer umspült wurden, der wie Blätterteig aufgeschichtete Sandstein, sind diese Bäume keine stummen Zeugen längst vergangener Erdzeitalter. Sie sind hier und heute sehr lebendig.

Ich kann mich gut an die jungen Pflanzen im geologischen Garten erinnern. Die Stämme der Ginkgos waren so schmal und zart, dass sie an einen Pfahl gebunden werden mussten, um sie zu stützen. Die ohnehin lichten Baumkronen waren fast vollständig entlaubt. Nur vereinzelt wehte noch eines dieser gespreizten, fein geäderten Blätter am Ende eines Zweiges und versuchte, dem heftigen Herbstwind zu trotzen. Die

Bäumchen sahen nicht so aus, als könnten sie den bevorstehenden Novemberstürmen, geschweige denn den frostigen Winternächten widerstehen und überleben.

Und doch bin ich fest davon überzeugt, dass sie widerstandsfähig genug sind, auch den kältesten Winter hier bei uns durchzustehen und uns im nächsten Frühling wieder mit ihrer hellgrünen Frische zu erfreuen.

Du musst nur daran glauben, Florian.

Lass es dir gut ergehen im Grünen Haus.

Und schreibe mir bitte nicht mehr.

Paul

Paul geht spazieren. Er schreitet weit aus, ist voller Energie und Lebensfreude. Helene an seiner Seite muss doppelt so viele Schritte machen, um mit ihm mithalten zu können.

»Bella, bei Fuß!«, ruft sie, ihre Stimme klingt bestimmt, duldet keinen Ungehorsam.

Paul schmunzelt, er hat seine Freude an dem kleinen weiß-braunen Fellknäuel, das vor Spielfreude und Unternehmenslust vor ihnen her tollt und immer wieder im Dickicht verschwindet, um Vögel, Mäuse und anderes Kleingetier aufzuscheuchen. Als Bella wieder neben ihm auftaucht, die Schnauze voller Erde und Gestrüpp, ihre großen braunen Augen treuherzig auf ihn gerichtet, kann Paul nicht anders und steckt ihr ein Leckerli zu.

»Belohne sie bitte nicht noch dafür, dass sie ständig wegläuft«, weist Helene ihn zurecht. »Wir müssen sie erziehen, du bist viel zu nachsichtig mit ihr.«

Obwohl Helene sich ständig darüber beklagt, dass der junge Beagle seinen eigenen Kopf hat, ungehorsam und zudem noch verfressen ist, hat Paul das Gefühl, dass es ihr gefällt, dass ihr Familienzuwachs so viel Zuwendung benötigt. Sie genießt es offensichtlich, wieder einen treuen Begleiter zu haben und widmet sich der Erziehungsaufgabe mit einer Hingabe, die sein Herz aufgehen lässt. Es ist die richtige Entscheidung gewesen, Helene wieder einen Hund zu schenken, keinen Golden Retriever, wie der vorherige, aus Respekt vor ihrer durchlittenen Trauer, sondern eine kleinere Ausgabe, einen verspielten, gut gelaunten Kumpanen, der gerne mit ihnen spazieren und wandern ging.

»Den Jagdtrieb werden wir ihr nicht austreiben können, der gehört zu einem Hund dazu.«

»Sie muss erst noch lernen, dass sie nicht hinter größeren Tieren herjagen darf. Sie ist ein kleiner, frecher Hund.«

Helene bleibt stehen, drückt Pauls Oberarm, an den sie sich geschmiegt hat, und gibt ihm einen Kuss auf die Wange. »Aber ich habe sie schon lieb gewonnen.«

Sie haben ihren Spaziergang am Uhrenpark begonnen und sind durch den Volksgarten mit dem alten Baumbestand gelaufen. Nun haben sie den älteren Teil des Parks verlassen und durchstreifen das offene weitläufige Gelände, das einstmals für die Bundesgartenschau hergerichtet worden war, genießen den Anblick von Astern und Dahlien, die in prächtigen orange- und lilafarbenen Tönen in den Beeten am Rand der Wiesen blühen, laufen über das Gras zu den Obstbäumen, pflücken wilde Äpfel, Birnen und Zwetschgen, kehren um zum Steingarten und greifen mit den Händen nach Hasel- und Walnüssen, stecken sie in die Baumwolltaschen, in denen sie bereits die Bucheckern aufbewahren, die sie im Volksgarten vom Boden aufgesammelt haben.

An manchen Tagen wandern sie den gesamten Park entlang, umrunden den künstlich angelegten See, der einmal ein Baggerloch gewesen ist, oder überqueren die Verbindungsbrücke hinüber zum Fischteich und weiter in den Botanischen Garten der Universität. Aber heute schwenken sie direkt zum Ufer des Sees, bleiben am befestigten Rand stehen, vor dem sich zwischen Schilf und Entengrütze die großen braunen Gänse aufhalten, und blicken hinüber zur Vogelinsel, wo sie nach dem Graureiher Ausschau halten.

Der kräftige Wind weht um ihre Ohren und Paul hält ihm sein Gesicht entgegen, lässt es streicheln, bis die Haut prickelt. Seit Karl im Grünen Haus die seltsame Veranstaltung durchgeführt hat, die er Reinigungszeremonie nannte, ist Paul nicht mehr krank gewesen, hat keine Furcht mehr vor Wettereinflüssen auf seine Befindlichkeit.

Paul hat auch nicht mehr das Bedürfnis im Lindenpark spazieren zu gehen. Er hat für Johannes' Gedenkstelle einen schmalen Stein anfertigen lassen, der die Inschrift trägt: *Für einen Nachbarn und Freund*. Das ursprüngliche Holzkreuz war im Frühling und Sommer immer wieder umgekippt, bedingt durch die starken Regenfälle und vor allem durch den Sommersturm Ela, der im Lindenpark besonders heftig gewütet und ihn einiger seiner Bäume am Teich beraubt hatte.

Seither mussten auch an den Straßen sowie in den Gärten und Hinterhöfen Bäume gefällt werden. Plötzlich waren die Stammplätze für die Vögel verschwunden und sie suchten sich neue Behausungen, sammelten sich auf dem verbleibenden Gehölz in den grünen Oasen der Hinterhöfe, lockten weitere Artgenossen an. Auch im Hof des Grünen Hauses machte sich die gestiegene Anzahl und Lautstärke an Vögeln bemerkbar. Eines Morgens bemerkte Paul sogar einen Graureiher, der mit seinen weiten Schwingen, dem vorgestreckten gebogenen Hals und dem langen, spitz zulaufenden Schnabel über ihn hinweg flog. Später sichtete er das mächtige Federvieh auf der Halbinsel im Lindenpark, wo es hoch aufgerichtet daher stolzierte. Der Graureiher war danach nicht wieder aufgetaucht, aber als er Helene davon berichtete, schleppte sie ihn in den Südpark. Dort nämlich hatte sich der Graureiher mit seiner Gefährtin auf der Vogelinsel niedergelassen.

Das war das erste Mal gewesen, dass Helene ihn mit auf einen Spaziergang in die weitläufige Grünanlage genommen hatte. Damals blühten noch die Rosen und sie wanderten durch den Rosengarten, unter den Spalieren hindurch, an denen die gelben und rosa Blumen auf sie herab nickten, und an den Beeten mit den stolzen Stielrosen vorbei, blutrot wie das Klischee in einem Kitschroman.

Der Rosengarten ist ihr Lieblingsbereich geworden, durch den sie immer gerne laufen, auch wenn die Zeit der Rosen längst vorbei ist und sich mittlerweile anstelle der Blüten Hagebutten gebildet haben. Zum Abschluss ihres Herbstspaziergangs landen sie immer im Café neben dem Bio-Gemüseanbau, das von der Werkstatt für angepasste Arbeit betrieben wird. Hier sitzen sie bei Sonnenschein draußen unter einem der Sonnenschirme und sehen den Kindern auf dem Freigelände beim Spielen zu, oder bei schlechterem Wetter im schlicht eingerichteten Innenraum an einem der Holztische und stärken sich mit einer Suppe oder einem Salat, zubereitet mit Gemüse aus dem hofeigenem Anbau und dekoriert mit Kapuzinerkresse und anderen essbaren Blüten. Zum Nachtisch gibt es selbst gebackenen Kuchen, Fruchtsäfte und Schorlen.

Als sie das Café erreichen, nimmt Helene den kleinen Wildfang Bella an die Leine. Für sie gibt es einen kleinen Wassertrog neben der Eingangstür.

Der Herbst schreitet schnell voran. Von einem Tag auf den anderen ist die spätsommerliche Wärme bleiernem Grau und Schwere gewichen, umhüllt von Nebel und tiefhängenden Wolkendecken, kein Sonnenlicht dringt durch die Dichte.

Paul nimmt die Polster von den Gartenmöbeln im Hinterhof, faltet den Sonnenschirm zusammen und verstaut alles im Schuppen. Er kippt die Stühle gegen den Tisch, so dass sich bei Regen keine Pfützen darin bilden.

Es ist zu frisch und windig geworden, um sich mit den Nachbarn im Hof zu treffen. Karl sieht er nicht mehr so häufig, er ist viel unterwegs und die Fensterläden im Erdgeschoss bleiben oft geschlossen. Paul kümmert sich jetzt auch um Karls Pflanzen.

Aber Florian besucht ihn hin und wieder. Während der Zeit, als sie die Mansarde gemeinsam ausräumten, saßen sie manchmal nach Verrichtung ihrer Arbeit in Pauls Küche zusammen. Und gestern Vormittag hatte Florian vor seiner Wohnungstür gestanden und ange-klopft. Er schob seinen Kopf durch den offenen Spalt in der Tür:

»Ich hoffe, ich störe nicht. Hast du vielleicht etwas Kaffee für mich übrig? Ich habe gestern vergessen, welchen zu kaufen.«

Paul lud ihn zu einem zweiten Frühstück ein, fragte nicht, weshalb er um diese Uhrzeit noch nicht auf der Arbeit war, und setzte für sie beide eine frische Kanne Kaffee auf.

Florian folgte ihm in die aufgeräumte Küche und setzte sich auf die Eckbank. Paul drehte ihm den Rü-cken zu und bediente die Kaffeemaschine. Dann holte er Butter, Aufschnitt und Käse aus dem Kühlschrank und stellte sie, zusammen mit Brotkorb, Brettchen, Messer und Tassen vor seinem jungen Nachbarn auf den Tisch.

Als der Kaffee durchgelaufen war, setzte Paul sich ihm gegenüber auf einen Stuhl und schenkte ihnen beiden eine Tasse voll ein. Der Kaffee war stark und er spürte nach den ersten heißen Schlucken, wie sich die belebende Wirkung in seinem Körper ausbreitete. Er vibrierte bis zu den Fingerspitzen.

Paul setzte die Tasse ab und wartete ab, was Florian ihm zu sagen hatte. Denn an der angespannten Haltung des jungen Mannes konnte er erkennen, dass er etwas mit ihm zu besprechen hatte.

»Es geht noch einmal um die Mansarde. Wir haben sie nun fertig hergerichtet. Aber ...«

Florian beendete den Satz nicht, sondern strich mit dem Messer Muster in die Butter, die er neben sein Frühstücksbrettchen geschoben hatte. Seine dunklen Haare standen zottelig in zahlreichen Wirbeln vom Kopf ab, so als wäre er sich häufig mit den Fingern durch die Frisur gefahren. Paul sah ihn erwartungsvoll mit hoch gezogenen buschigen Augenbrauen an. Als Florian seinen Blick bemerkte, fuhr er fort:

»Leider braucht Claudia die Mansarde nicht mehr.«

Paul stieß ein verächtlich klingendes Schnauben aus und hob erneut seine Kaffeetasse. Diese Claudia hatte ihn noch kein einziges Mal angesprochen, seit sie mit Florian eingezogen war, und erst recht nicht hatte sie sich bei ihm dafür bedankt, dass er die Dachgeschosswohnung und die Mansarde leer geräumt hatte, dass er die Zimmer und den Flur von Zeitungsstapeln befreit und übrig gebliebene Kartons und Geschenkpapier, Kordeln, Bänder und anderes Verpackungsmaterial, Geschirr und Gebrauchsgegenstände, die der *Professor* auf dem Sperrmüll zusammengesucht hatte, weggeschleppt hatte.

»Gilla Witt hat mir angeboten, die Praxisräume im Erdgeschoss zu übernehmen. Ich könnte dort mein eigenes Fotostudio einrichten und wäre nicht mehr darauf angewiesen, Lebensmittel für nicht zufriedenzustellende Kunden zu fotografieren. Das ist ohnehin nie mein Thema gewesen.«

Florian spielte mit der Butter, während er zögerlich weiterredete: »Um ehrlich zu sein, habe ich schon in meinem alten Fotoatelier gekündigt. Deshalb kann ich heute Vormittag hier bei dir in der Küche sitzen.«

»Was ist mit Karl?«

»Ich weiß nicht genau. Aber es sieht so aus, als würde er bald aus dem Grünen Haus ausziehen. Gilla Witt hat mir vorgeschlagen, die Praxisräume umzugestalten. Deshalb gehe ich davon aus, dass das schon beschlossene Sache ist. Du könntest mir bei der Renovierung helfen, falls du möchtest.«

Paul knallte die leere Kaffeetasse auf den Tisch.

»Monatelang habt ihr mich genervt, ich solle mich um die Mansarde kümmern, und jetzt stellt ihr fest, dass ihr sie gar nicht benutzen wollt? Das begreife ich nicht. Der Stimmungsumschwung geht mir viel zu schnell, mein Junge.«

Er griff sich eine Scheibe Brot, nur um seine Hände zu beschäftigen.

»Gib mir die Butter rüber!«

»Es tut mir Leid, Paul. Es liegt an Claudia. Es hat ihr von Anfang an nicht gefallen, nur im Dachgeschoss zu wohnen. Sie möchte in einem der hypen Schicki-Micki-Appartments in Flingern leben. Weil es ihrem sozialen Standard entspricht. Das ist nicht meine Meinung, Paul. Glaube mir. Ich will nur fotografieren, sonst nichts.«

Paul knallte eine Scheibe Jagdwurst auf die Schnitte, die durch sein heftiges Bestreichen mit der Butter löchrig geworden war, und biss wütend hinein.

»Ich weiß noch nicht einmal, ob Claudia zu mir zurückkommen und mit mir ins Erdgeschoss ziehen wird oder nicht. Auf keinen Fall aber will sie im Dachgeschoss bleiben.«

Florian drückte Zeigefinger und Daumen der linken Hand in die Winkel der zusammengekniffenen Augen. Seine dichten Wimpern richteten sich nur langsam wieder auf, als die Fältchen unter den Augen sich allmählich wieder glätteten. Plötzlich wirkte er gar nicht mehr so jung auf Paul. Tatsächlich hatte er die dreißig schon überschritten, wie er Paul bei einem ihrer abendlichen Gespräche im Hof erzählt hatte. Paul legte das Brot, von dem er abgebissen hatte, wieder hin. Er hatte vergessen, wie schnell vergänglich alles war, wenn man jung war. Nichts war für die Ewigkeit und alles veränderte sich ständig und in einer rasanten Geschwindigkeit. Kein Wunder, dass die jungen Leute heutzutage keinen Halt mehr hatten. Niemand lebte ihnen vor, wie man das eigene Schicksal gestaltete. Und ohne dass sie es bemerkten, war unversehens der Punkt überschritten, an dem man erwachsen wurde.

Paul schluckte das Brot hinunter, zog die Kaffeekanne zu sich heran und füllte beide Tassen wieder auf, auch die von Florian, die dieser bisher kaum angerührt hatte.

»In den Praxisräumen ist lange nichts mehr gemacht worden. Karl hat lediglich die Stromleitungen erneuern lassen, als er ins Erdgeschoss zog. Aber wenn du dort ein Fotostudio mit Labor und allem drum und dran einrichten willst, dann kommt viel Arbeit auf uns zu.«

Florian blickte auf und zugleich wirkte seine Haltung nicht mehr so niedergedrückt.

»Heute wird alles digital gemacht, Paul. Die Fotos werden direkt auf Papier ausgedruckt und nicht mehr im Labor entwickelt. Ein Labor brauche ich also nicht. Aber du hast recht, in den Räumlichkeiten müsste eine Menge erneuert werden.«

»Lass uns darüber reden, wenn endgültig geklärt ist, ob und wann du dort einziehen wirst.«

Damit hob er die Tasse und prostete Florian zu, als hätte er einen Krug Bier in der Hand. Der junge Mann erwiderte seinen Zuspruch, wirkte erleichtert. Aber Paul schob schnell wieder die Maske des grummelnden Alten vor.

»Das funktioniert natürlich nicht ohne Gegenleistung«, schob er hinterher. Sofort veränderte sich Florians Gesichtsausdruck. Aus der Erleichterung wurde Verunsicherung.

»Hilf mir, den Hof winterfest zu machen. Du kannst gleich anfangen, du hast doch heute frei.«

Paul schnappt sich die Kiste mit den Blumenzwiebeln, die Florian auf der Arbeitsfläche im Schuppen abgestellt hat, bevor er sich mit seiner Kameraausrüstung auf den Weg zu seinem neuen Fotoprojekt machte, und steigt bedächtig die Treppen zu seiner Wohnung hinauf.

Oben angelangt, öffnet er umständlich die Tür, stellt die Kiste vorübergehend auf dem Küchentisch ab und wäscht sich gründlich die Hände. Er hat die Stängel der Begonien, Gladiolen und Dahlien zurückgeschnitten, die Erde mit einer kleinen Harke gelockert und die Zwiebeln vorsichtig herausgezogen. Dazu benutzt er nie Gartenhandschuhe, sondern genießt die saftige Erde an seinen bloßen Händen. Die weichen, fauligen Zwiebeln hat er gleich von Florian auf dem Kompost entsorgen lassen, die übrigen hat er in die Kiste gelegt. Es ist noch etwas früh für die Vorbereitung der Blumenzwiebeln, aber die Nächte sind schon empfindlich kühl geworden und er will nicht warten, bis der erste Nachtfrost kommt. Als nächstes wird er die festen Zwiebeln trocknen und zum Überwintern einlagern. Dazu muss er sie erst säubern, Tochterzwiebeln behutsam von der Mutterknolle abtrennen und zu lange Wurzeln vorsichtig abschneiden. Dann wird er die Knollen mit dem Wurzelgeflecht nach oben in die Holzkiste zurücklegen, die er zuvor mit Zeitungspapier ausgelegt hat, sie luftig verteilen und die verschiedenen Blumensorten kennzeichnen, damit er sie im nächsten Frühjahr voneinander unterscheiden kann.

Doch zuvor genehmigt er sich ein Bier aus dem Kühlschrank. Er öffnet die Flasche, nimmt sich ein Glas aus der Vitrine und setzt sich ans Fenster im Wohnzimmer. Das Licht ausgeschaltet, schaut er hinaus auf die Straße. Die Bäume haben bereits fast alle ihr dichtes Blätterkleid abgeworfen und stehen verloren im dämmerigen Zwielicht da, die grauen, fast kahlen Äste wie suchend in die diesige Luft gestreckt. Dafür ist der Boden mit hellgelb gefärbten, verwelkten Blättern bedeckt.

Paul kann durch die Zweige der Bäume hindurch in die Fenster der gegenüberliegenden Häuser blicken, sieht in der von ihm aus gesehen schräg links unten liegenden Wohnung eine Frau in der Küche das Abendessen zubereiten, während im Nachbarzimmer die Kinder ihre Hausaufgaben erledigen. In einer anderen Wohnung haben sich zwei junge Leute auf das Sofa gekuschelt und gucken auf den Fernseher. Im Herbst und Winter rücken die Menschen wieder näher zusammen und ziehen sich in ihre behaglichen Behausungen zurück, während sie sich gleichzeitig von Paul entfernen, weil sich in dieser Zeit des Jahres das Leben nicht mehr draußen auf den Straßen und Plätzen abspielt, sondern im Inneren der Gebäude.

Seufzend nimmt Paul einen tiefen Schluck aus dem Bierglas. Er müsste sich auch etwas zu Essen machen, aber er kann sich nur schwer dazu durchringen, bleibt lieber noch eine Weile hier am Fenster sitzen. In einem dieser Häuser wohnt Helene Gruber, sicher auch schon seit zehn Jahren, aber bis vor dem Sommer hat er sie immer nur auf der Straße oder in den Geschäften getroffen. Oder im Lindenpark. Nun aber weiß er, dass sie drei Häuser weiter auf der gegenüberliegenden Straßenseite eine bescheidene Zwei-Zimmer-Wohnung in der zweiten Etage eines Nachkriegsbaus gemietet hat. Wenn er aufsteht, dicht an die Fensterscheibe herantritt und sich leicht nach vorne beugt, bis seine

Stirn fast das Glas berührt, kann er zu dem Fenster ihrer Wohnung hinübersehen, in dem hinter der Wohnzimmergardine das Licht angeht und eine wohlige, warme Helligkeit verbreitet.

Obwohl Paul im Grünen Haus vier Zimmer zur Verfügung hat, hat Helene darauf bestanden, ihre eigene kleine Wohnung zu behalten. Beide haben sich über die Jahre an das Alleinsein gewöhnt, Gewohnheiten haben sich eingespielt, die im Alltag Halt geben und zu sehr liebgewonnen wurden, als dass sie für einen anderen, einen neuen Partner völlig aufgegeben werden könnten. Beide wollen in ihren eigenen Räumlichkeiten bleiben, aber es tut Paul unendlich gut zu wissen, dass Helene ganz in seiner Nähe ist, auf sich allein gestellt, aber dennoch erreichbar.

Er verlässt seinen Platz am Wohnzimmerfenster und geht wieder hinüber in die Küche. Die Kiste mit den Blumenzwiebeln verstaut er zunächst auf dem Balkon, sie können bis morgen warten. Dann bereitet er sich ein kleines Abendessen zu, ein Brot mit Schinken und Spiegelei darauf, ein paar Gürkchen dazu, *Strammer Max* nennt man das im Rheinland. Später am Abend wird er Helene anrufen und ihr eine gute Nacht wünschen. Dabei wird er sich an das Fenster stellen und zu ihrer Wohnung hinüberschauen. Und sie wird – so hofft er – die leichte Stoffgardine vor ihrem Fenster beiseiteschieben und ihm zuwinken. Oder vielleicht sogar einen Kuss hinüberschicken.

Gilla

Auch Basel liegt am Rhein. Das Wasser plätschert seicht gegen die Stufen am Ufer und an die befestigten Mauern an der gegenüberliegenden Flussseite, über der sich die in den Hang gebauten Gebäude aus Sandstein erheben.

Am frühen Morgen sitze ich im fahlen Sonnenschein auf der Treppe am Rhein und warte auf die Fähre zum Münster. Nur eine weitere Person ist so früh auf den Beinen, ein Mann mit einer Zeitung unter dem Arm und einer Tüte Croissants in der anderen Hand. Er ist offensichtlich auf dem Weg zum Frühstück.

Hier strömt der Fluss sanft und gleichmäßig, zeigt nur kleine Verwirbelungen, wo das Wasser auf Steine und leichte Unebenheiten am Grund trifft. Anders als in meiner Heimatstadt, wo er zu einem breiten Strom geworden ist, der nach starken Regenfällen reißende Kraft entwickelt, die Nähe des Meeres erahnt und der weiten See entgegeneilt. Zu Hause ist der Fluss braun und undurchsichtig, lässt den Untergrund nicht erkennen, spiegelt das bleierne Grau des Oktoberhimmels. Hier hat er eine frische grüne, fast türkise Farbe, ich erahne das Gletscherwasser, das er aus den Alpen hierher transportiert hat. Bald wird es sich verflüchtigt

haben, wenn der Strom an der Pharmafabrik flussab-
wärts und den deutschen Chemieunternehmen vorbei-
gerauscht ist, wenn er das Wasser aus den Nebenflüs-
sen der Mittelgebirge aufgenommen hat.

Der Fluss murmelt leise Worte. Doch ich verstehe
seine Sprache nicht.

Die Fähre wird allein durch die Kraft des Flusses
bewegt und zu uns herüber geschoben. Von einem
Ufer zum anderen ist ein Drahtseil gespannt, das von
zwei Masten auf jeder Seite gehalten wird. Am Bug des
gondelförmigen, halb überdachten Bootes ist ein weiteres Drahtseil befestigt, das mit dem oberen Spannseil
über eine Öse oder Schlinge verbunden ist, so dass es
von der Kraft des Wassers zum anderen Ufer hinüber
gezogen wird. Bunte dreieckige Fähnchen flattern daran, während die Fähre, schneller angetrieben als auf
der Hinfahrt, zu uns driftet und schließlich am Lande-
steg anstößt. Auf unserer Seite in Kleinbasel angekommen, wartet der Fährmann, bis wir eingestiegen
sind und Platz genommen haben. Ein Kopfnicken, ein
»Grüezi«, dann sammelt er von jedem das Fährgeld ein,
ich gebe ihm zwei Franken. Er legt einen metallenen
Hebel vorne im Bootsinneren um, der mit dem anderen
Ende des Seils verbunden ist, und die Fähre wird wieder zurück zum Münsterufer gezogen.

Mit nur zwei Fahrgästen an Bord liegt das Boot
nicht tief im Wasser, trotzdem kann ich von meinem
Platz auf der Bank aus, die entlang der Längsseite im
Bootsinneren der Fähre angebracht ist, das Wasser fast
auf Augenhöhe mit uns fließen sehen. Ich fühle mich

getragen und doch seltsam herumgewirbelt, weil das Boot schräg zum Flussverlauf liegt und sich der Kraft des Stromes entgegenstemmen muss. Die Morgensonne strahlt mir ins Gesicht und auf dem glatten Wasser blinken kleine Glitzerlichter auf. An meinen brennenden Wangen spüre ich den kräftigen Fahrtwind.

Ich kann kaum glauben, dass ich tatsächlich hier bin, mich treiben lasse, dass ich nach all der Hektik, den wechselnden Gefühlsbädern und den Unabwägbarkeiten, die mich an den beiden vergangenen Tagen begleitet haben, doch noch in Basel angelangt bin. Allein. Denn Gunter ist nicht mitgekommen. Er sollte eigentlich hier neben mir sitzen.

Ich hatte alles schon für die gemeinsame Reise geplant. Ich wollte mit Gunter im Zug fahren, wieder die Strecke am Rhein entlang, die Loreley umfahren. Ich wollte mit ihm in das Tinguely Museum, in die Foundation Beyeler, ich wollte mit ihm die Stadt erkunden und am Rheinufer flanieren. Und ich wollte mit ihm auf das Buchfestival.

Ich war in Gedanken alles durchgegangen, hatte mich vorbereitet, Reiseführer und das Programm des Literaturfestivals studiert, das Hotelzimmer gebucht und das Zugticket gekauft und meinen Koffer gepackt. Ich hatte alles geplant und vor meinem inneren Auge vorbeiziehen lassen.

Und dann kam der Bahnstreik.

Fassungslos saß ich am Abend vor der Abreise vor dem Fernseher und hörte in den Nachrichten, dass sich die Lokführer nun doch entschieden hätten, die Bahn zu bestreiken. Sämtliche Züge würden ausfallen. Ich war so enttäuscht und verzweifelt, dass mir die Augen vor Tränen überliefen. Ich hatte mich so sehr auf diese Reise gefreut. Hatte sie herbeigesehnt. Über Wochen eine intensive Vorfreude durchlebt.

Das Telefon klingelte mitten in die nächste Berichterstattung hinein. Es war Gunter: »Hast du es auch gehört? Die Bahn streikt auf unbestimmte Zeit.« Seine Brummbärstimme klang gar nicht mehr weich und warm, sondern nur noch geschäftsmäßig, polternd.

Meine Gedanken begannen zu rotieren.

»Wir könnten mit deinem Auto fahren. Oder das Flugzeug nehmen. Hat Basel einen Flughafen?«

Schweigen am anderen Ende. Dann ein Räuspern.

»Helmut ist im Krankenhaus.«

Ich war verwirrt. Was hatte Gunters Bruder mit dem Bahnstreik zu tun? Wir sollten schnellstens eine Möglichkeit finden, auf andere Weise nach Basel zu kommen. Es musste doch eine Lösung geben.

»Helmut ist heute Nachmittag zusammengebrochen. Sie wissen noch nicht genau, was es ist, aber es könnte ein leichter Schlaganfall gewesen sein.«

Ich wusste nicht, was ich sagen sollte. Es wäre unsere erste gemeinsame Reise gewesen. In der wir mehrere Tage hintereinander Zeit und Muße nur für uns gehabt hätten. Die volle Aufmerksamkeit. Ohne hindernde Termine, ohne uns um Werkstatt, Apotheke oder Fußballveranstaltungen kümmern zu müssen, ohne störende Umgebung, ohne Vereinskameraden, ehemalige

Fußballkollegen oder Sponsorentreffen, und vor allem ohne Helmut. Nur wir beide.

»Gilla. Ich weiß, wie wichtig dir dieser Kurzurlaub ist. Aber ich muss in Duisburg bleiben. Ich muss mich um Helmut kümmern. Und ich kann die Werkstatt nicht so lange alleine lassen.«

Eine böswillige Vermutung huschte mir durch den Kopf, fast reflexartig glaubte ich, dass Gunter vielleicht auch nur nicht das Fußballspiel verpassen wollte, das am Samstag angesetzt war, doch ich verwarf den Gedanken sofort wieder. Das hatten wir lange durchdiskutiert. Das war nicht der Grund.

»Und wenn du nur für zwei Tage mitkämest?«, hörte ich mich betteln.

Er zögerte so lange, wie er benötigte, um einmal tief ein- und betont, fast seufzend wieder auszuatmen. »Das würde sich nicht lohnen. Die Fahrt mit dem Auto da runter dauert viel zu lange, und wenn die Bahn streikt, wird auf den Straßen der Teufel los sein.«

Mein Verstand sagte mir, dass Gunter Recht hatte. Der Sinn unserer Reise wäre damit hinfällig. Wir würden unsere kostbare Zeit miteinander auf der Autobahn verbringen.

»Ich werde nachsehen, ob es Flüge nach Basel gibt«, warf ich hastig ein.

Gunter schwieg wieder. Dann ein vortastendes Fragen, fast eine Feststellung: »Du willst unbedingt hin?«

Als ich fassungslos und verärgert die Nachricht gehört hatte, dass sämtliche Züge gestrichen würden und dass Gunter nicht mit mir nach Basel fahren würde, war etwas in mir erstarrt. Aber nun spürte ich, wie sich daraus eine Beharrlichkeit entwickelte. Eine bisher nicht gekannte Sicherheit und Stärke, dass ich die Dinge, die mir wichtig waren, bewältigen könnte. Ich wollte unbedingt nach Basel. Und ich war voller Zuversicht, dass es mir gelingen würde.

»Ich werde eine Möglichkeit finden, Gunter. Ich möchte diese Reise unternehmen. Und wenn du verhindert bist, dann fahre ich alleine.«

Diesmal dauerte Gunters Schweigen nicht ganz so lange an. »Sag mir Bescheid, wenn du Unterstützung brauchst. Ich fahre dich gerne zum Flughafen, falls es nötig sein sollte.«

»Mach's gut, Gunter, ich melde mich bei dir.«

Bevor ich auflegen konnte, hörte ich ihn noch beschwörend rufen: »Wir holen das nach, Gilla.«

Die Frage, ob wir ein andermal für ein paar Tage zusammen wegfahren würden, stellte sich mir nicht. Jedenfalls nicht zu diesem Zeitpunkt. Denn kaum hatte ich den Hörer aufgelegt, eilte ich ins Arbeitszimmer zu meinem Laptop und suchte im Internet nach einer Flugverbindung.

Wie ich erfuhr, gab es in Basel den Euroairport. Allerdings waren bereits alle Flüge von Düsseldorf aus entweder ausgebucht oder nicht mehr erschwinglich. Die Flugpreise waren innerhalb kurzer Zeit gestiegen. Wieder traten mit die Tränen der Enttäuschung in die Augen. Aber ich ließ mich nicht von meinem Vorhaben abbringen. Ich rief als nächstes die Seite der Schweizer Bahn auf, um zu erkunden, ob es einen anderen Reiseweg gab. Und las die Ankündigung, dass auch die Bahnverbindungen von Deutschland in die Schweiz von dem Streik betroffen wären. Ich sah die Liste der Züge durch, die zwischen Freiburg im Breisgau und Basel verkehrten, las über den entfallenen Zugverkehr nach Zürich, Chur und Chiasso und stieß auf eine Mitteilung, die mein Herz höher schlagen ließ: Der Intercity nach Basel würde aber verkehren!

Sofort versuchte ich die Website der Deutschen Bahn zu öffnen, die eine Ewigkeit brauchte, um sich aufzubauen, da der Server völlig überlastet war. Als endlich das leuchtend rote Logo der Homepage erschien, stand ganz zuoberst die Mitteilung, die Bahn habe sich diesmal besser auf den Zugführerstreik vorbereitet und deshalb einen Ersatzfahrplan eingerichtet. Angeblich sollten die IC-Verbindungen ins Ausland bestehen bleiben. Die Zugreisenden sollten sich am nächsten Morgen über eine besondere Service-Seite darüber informieren, ob ihre Zugverbindung bedient werde.

Eine unglaubliche Freude erfüllte mich. Ich rief Gunter an und bat ihn, mich am nächsten Morgen zum Bahnhof zu bringen. Und verbrachte eine unruhige Nacht, da sich mein Reisefieber noch verdoppelt hatte wegen der Ungewissheit, ob ich einen Zug bekommen würde.

Der Intercity fuhr tatsächlich. Zwar hatte er eine Verspätung von 50 Minuten, aber das spielte keine Rolle. Es war ein durchgehender Zug und ich wusste, dass ich am Ziel meiner Reise ankommen würde.

Alles schien so unwirklich. Der gespenstisch leere Hauptbahnhof, in dem niemand hektisch durch die Bahnhofshalle und die Gänge lief, in Eile und Hetze, irgendeinen Zug mitzubekommen, und in dem die vereinzelt umher schlendernden Reisenden gelassen und entspannt wirkten. Als der Zug am Bahnsteig einfuhr, gab es kein reges Gewimmel und Gedrängel. Die wenigen Fahrgäste suchten in Ruhe ihre Plätze auf, ließen sich nieder und nahmen besonnen hin, was geschah. Es herrschte eine ruhige Atmosphäre, die Zugfahrt war gemütlich. Ich versank in dem bequemen Sitz des Zugs der SBB, der mich gemächlich durch die Landschaft trug. Ich kam mir vor wie in einer Parallelwelt.

Als wir fast auf der Münsterseite angekommen sind, taucht die Fähre in tiefen Schatten ein, der sich von der Kälte der hoch aufragenden Steinmauern nährt. Unwillkürlich schaudere ich, zu gravierend ist der Temperaturunterschied. Widerstrebend legt das Boot an, schwappt leicht auf dem gurgelnden Wasser, das sich zwischen Anlegesteg und Bootsrand aufgestaut hat, bis der Fährmann es mit einem Seil befestigt und es Ruhe gibt. Ich stehe leicht schwankend auf und verabschiede mich.

Leichtfüßig, aber mit schwerem Atem steige ich die schmalen steilen Stufen hinauf zur Aussichtsterrasse hinter dem roten Kirchengebäude. Ich trete an den breiten Mauersims und werde von einem majestätischen Ausblick überwältigt. Unter mir breitet sich der grünlich-schimmernde Rhein aus. Ich sehe die Basel-

Riviera, das mit Stufen befestigte gegenüberliegende Ufer von Kleinbasel, wo ich meine Flussüberfahrt begonnen habe, die Promenade mit den im Sonnenlicht weiß schillernden herrschaftlichen Altbauten, das Hotel, die Mittlere Brücke mit der Käppelijoch-Kapelle, von der aus im Mittelalter die zum Tode verurteilten Hexen, Ehebrecherinnen und Kindsmörderinnen mit Gewichten beschwert in den Rhein gestoßen wurden, und ich erkenne das Schiffsländle. Aber ich kann noch weit darüber hinaus schauen. Es ist Fönwetter und durch die klare Fernsicht erscheint der Schwarzwald mit seinen leicht geschwungenen konturierten Erhebungen unfassbar nahe.

Ich stehe erhaben da, genieße Wärme, Wind und die seichte, würzige Luft, und unwillkürlich fühle ich mich durchströmt von der Gewissheit, dass ich, egal wo ich bin und wo immer ich auch hingehe und wo immer ich auch sein werde, ich immer bei mir bin. Bei mir.

Bald darauf blickt mir der Tod entgegen. Aus einem Gemälde, das ungewöhnliche Maße aufweist: schätzungsweise zwei Meter Breite auf einen halben Meter Höhe. Wie in einer in die Wand gemeißelte Gruft liegt der tot aufgebahrte Jesus vor mir, sein lebloser Körper lang ausgestreckt auf einer Bahre oder einem Tisch. Ich schaue von der Seite auf seinen fast nackten Körper, sehe seine Hand, die von einem Nagel durchlöchert ist, sehe die Wunde in seiner Brust, dort wo man mit einer Lanze in ihn hineingestochen hat, sehe intime körperliche Einzelheiten wie seine nackten Füße, Oberschenkel, das Tuch, das seine Lenden nur notdürftig bedeckt, und den hervorstehenden Bauchnabel. Sein Blick ist erstarrt, die Pupille mit einem Film überzogen. Er sieht nicht mehr. Er erblickt die Welt nicht mehr. Es ist kein Leben in ihm, kein diesseitiges und kein jenseitiges. Nichts.

Inmitten der kunsthistorischen Abteilung des Kunstmuseums, umgeben von der grell bunten Malerei des frühen Mittelalters, befindet sich dieses Gemälde des toten Jesus von Hans Holbein dem Jüngeren. Dies also ist das Bildnis, das Dostojewskij zu seinem Roman *Der Idiot* inspiriert hat. Wer dieses Bild gesehen hat, kann nicht mehr an die Existenz Gottes glauben, so war sinngemäß seine Aussage.

Ich erinnere mich an den Tod von Willi.

An das fordernde Leiden, das der endgültigen Erlösung vorangegangen war. An die Verzweiflung und Leere, die seinem Ableben folgte. An die Schuldgefühle, die ich für Trauer und Verzweiflung hielt, die mich aber über eine lange Zeit in Verwirrung und Ziellosigkeit gestürzt haben.

Nun, da ich das Abbild des toten Jesus vor mir sehe, diesen Leichnam, der so gar keine Geheimnisse birgt, der einfach eine leblose und leere Hülle ist, wird mir bewusst, dass ich drei Jahre lang von einem Dämon befallen war, dass ich fehlgeleitet war, indem ich glaubte, Willis Geist habe noch Macht über mich und ich müsste die Stille, die seine verstummende Stimme hinterlassen hatte, mit ständig neuen Beschäftigungen und

Ereignissen füllen, auf der Flucht vor mir selbst, auf der Flucht vor der Einsamkeit. Wie hatte ich mich verrannt.

Aber ich erlaube nicht, dass er weiterhin Macht über mich ausübt, dass er mich bis hierher verfolgt, an diesen Ort, an dem ich herausgefunden habe, dass ich bei mir bin. Dies ist mein Leben. Er hat keinen Anteil mehr daran. Er existiert nicht mehr. Und ohne ihn gibt es auch nicht mehr das Leben, das wir zusammen geführt haben. Es gibt jetzt nur noch mein Leben.

Das teile ich auch Gunter mit, als er mich am Nachmittag anruft. Ich sitze an Tinguelys Fastnachts-Brunnen auf dem Theaterplatz. Die Gestelle sind unaufhörlich in Bewegung, schöpfen das Wasser und gießen es wieder aus. Alles hängt irgendwie zusammen. Während ich diesen nicht endenden Kreislauf verfolge, hat Gunter mir eine Bildnachricht geschickt, darin der Brunnen mit der lebensfrohen bunten Plastik von Niki de Saint Phalle in Duisburg. Als Antwort schicke ich ihm ein Foto des Fastnachts-Brunnens in Basel.

Wir reden miteinander. Im Hintergrund hören wir das Plätschern unserer beiden Brunnen.

»Wenn du mich noch bei dir haben willst, komme ich heute noch runter zu dir nach Basel.«

»Was ist mit Hermann? Ich denke, du kannst nicht weg?«

»Hermann geht es gut. War nur ein Schwächeanfall. Vielleicht ein Vorbote, aber kein Schlaganfall.«

Ich höre, wie Gunter tief Atem holt, so als wolle er Anlauf nehmen.

»Es fällt mir schwer von Duisburg wegzugehen, von dieser Stadt, in der ich mein Leben lang gewesen bin. Aber ich möchte bei dir sein.«

»Gunter«, flüstere ich. Du bist der Einzige, der mich an die Hand genommen hat, ohne mich zu belehren, der mich so genommen hat, wie ich bin. Der treu und verlässlich ist. Ich spreche es nicht aus. Noch nicht.

»Die Menschen im Ruhrpott halten zusammen, Gilla.«

Und dann erzählt Gunter ihr die Geschichte von seiner Fußballer-Verletzung:

»Gunter Schönhardt!«, schallte es von der Nordtribüne. Das Spiel war schon lange abgepfiffen, aber die Zuschauer standen noch auf den Rängen und riefen ihren Lieblingsspieler zu sich, Gunter Schönhardt, der heute gar nicht auf dem Platz aufgelaufen war. Er hatte sich vor drei Wochen schwer verletzt. Er war an der Außenlinie entlang dem Ball nachgesetzt und hatte den Fuß ausgestreckt, um zu einem harten Volleyschuss auszuholen, und in dem Augenblick, in dem er das Leder berührte, traf ihn der Stollen des Gegenspielers am Unterschenkel, wie ein Hebel setzte er an, und Gunter hörte dieses Knacken im Knie. Und begegnete dem Schmerz. Kreuzbandriss. Die schlimmste Verletzung, die es für einen Fußballer gibt.

Das Knie musste operiert werden, und weil es Komplikationen gab, bekam Gunter eine Vollnarkose. Als er aufwachte, das Knie dick angeschwollen und schmerzhaft pochend, war Helmut da, sein Bruder.

Gunter konnte nichts sagen, schaute ihn nur an. Mit verquollenen und feuchten Augen.

Er schluckte. Auch jetzt, im Stadion, spürte er wieder die Tränen aufsteigen. Er wusste, der einzige Ort, an dem Männer weinen dürfen, ist der Fußballplatz. Er wäre so sehnlichst gerne bei dem heutigen Halbfinale dabei gewesen, hatte mit der Mannschaft gewinnen wollen, um schließlich zum DFB-Pokalfinale nach Berlin fahren zu dürfen.

Er schob den Stuhl beiseite, auf dem er sein geschientes Bein hochgelegt hatte, und richtete sich mit Hilfe der Gehstützen auf. Dann schwang er sich hinüber zur Fankurve. Die Strecke über das Fußballfeld kam ihm viel weiter vor, als sonst. Aber er war nicht aufzuhalten. Die Zurufe der treuen Fans beschwingten ihn, trugen ihn voran auf einer Welle der Sympathie und der Zuneigung.

Er hörte seinen Namen aus der Menge widerhallen. »Fußballgott«, riefen sie ihm zu, und: »Berlin, Berlin! Wir fahren nach Berlin!«

Gunter hob die Krücken in die Luft, erst, um den Fans zuzuwinken, dann, um sie immer wagemutiger im Rhythmus der Jubelgesänge zu schwingen.

»He, he, wer nicht hüpft, der ist kein Zebra«, skandierten die Anhänger nun.

Und Gunter hüpfte mit ihnen im Takt, die Stützen hoch in die Luft gestreckt, auf einem Bein federnd, hoppelnd, sich drehend, tanzte er zu den Gesängen der Fans mit. Die Tränen liefen ihm unaufhörlich über die Wangen. Seine Augen waren so vollgelaufen, dass sie überliefen und er alles nur verschwommen wahrnahm. Aber er störte sich nicht daran. Denn er wusste, dass er trotz allem nach Berlin fahren würde.

Spoken Word. Das gesprochene Wort. In Schwyzerdütsch, genauer gesagt, in breitem Bern-Dütsch, hört es sich an wie Singsang. Wie eine rhythmische Tonfolge. Wieso ist es nicht möglich, Texte in Hochdeutsch so vorzutragen, dass sie melodiös klingen und nicht wie ein unbeholfenes Stakkato abgehackter Wortsegmente? Wieso gelingt das nur in Mundart? Noch dazu in Schweizer Mundart?

Der Schweizer Meister im Poetry Slam steht auf der Bühne im Festsaal des Volkshauses in Basel und spricht sanft und fließend, er liest nicht vom Blatt ab, er kennt seinen Text auswendig und trägt ihn doch so ungezwungen und beiläufig vor, als unterhalte er sich tatsächlich mit dem Publikum, als erzähle er eine Geschichte, die ihm gerade in den Sinn gekommen ist. Dabei sitzt jedes Wort und folgt jede Wortfolge einem vorgegebenen Rhythmus, der durch mich hindurch dringt, in mir schwingt, mich zum aufmerksamen Zuhören anregt und zum Lachen bringt. Obwohl ich kaum ein Wort dieses eigenartig abgewandelten Dialekts verstehe, erkenne ich die Bedeutung hinter den Worten. Es ist fast kabarettistisch, wie dieser Schweizer Urtyp lässig und mit trockenem Humor Alltagsgeschichten zum Klingen bringt.

Ich denke an einen Artikel, den ich im Feuilleton einer Wochenzeitung gelesen habe, in dem behauptet wird, die Schweizer Literatur sei so viel bedeutungsloser als die deutsche und werde dennoch mit so viel höheren Preisen gefördert und ausgezeichnet, dass man jeden auch noch so gering begabten Schriftsteller hocherfreut heranziehe und herausstelle, um in der Literaturszene wenigstens etwas Erfolg vorzuweisen. Ich kann diese Einschätzung nicht nachvollziehen. Ich sitze hier in dem feierlich und liebevoll dekorierten Saal und genieße die stille, bescheidene und selbstverständliche Freude an der Kunst und an der Kreativität. Ohne ausufernde Selbstdarstellung, ohne den lauten klappernden Kulturbetrieb mit seiner übertriebenen Ehrerbietung den Kunstschaffenden gegenüber, bei der das voyeuristische Interesse an der Person größer ist als an dem schriftstellerischen Schaffen und dem individuellen Ausdruck im geschriebenen und gesprochenen Wort. Die Schweizer schreiben und lesen, ohne prätentiös das Innere nach außen zu kehren. Und dennoch sticheln sie manchmal ein klein bisschen neidisch und unterwürfig gegenüber den berühmten deutschen Vorbildern am Büchermarkt.

Ich schaue zur Seite. Neben mir sitzt Gunter. Er ist voller Aufmerksamkeit für das Geschehen auf der Bühne. Die Augenbrauen konzentriert zusammengezogen die blauen Augen wirken dunkel-violett. Als er bemerkt, dass ich ihn ansehe, nimmt er meine Hand und drückt sie. Trocken, warm und fest. Sein Blick ist weiter auf den Vortragenden gerichtet. Ein Lächeln umspielt seine geschwungenen Lippen. Dann bricht es aus ihm heraus. Ein warmes, herzhaftes Bärenlachen.

Es schüttelt seinen kräftigen Oberkörper, seinen Bauch. Er begreift den Sinn der Spoken Words. Er versteht jedes Wort.

Karl

Karl trommelte nicht mehr. Er hatte Schmerzen in der rechten Schulter. Er konnte den Arm kaum anheben. Als er sich bei seinem letzten Wochenend-Workshop auf eine schamanische Reise begeben und dabei ununterbrochen getrommelt hatte, hatte er störende Gedanken zugelassen, hatte sich verkrampft und verspannt, bis sich die negativen Schwingungen über sein Handgelenk, den Unterarm und den Ellbogen bis hinauf in das Schultergelenk ausgebreitet hatten. Gelenke, Sehnen und Muskeln machten zu. Nun ließ Karl in seinen Gruppen die Trommelschläge von seinem iPod über einen Lautsprecher abspielen.

Er wollte sich von Britta behandeln lassen, aber sie weigerte sich. Er solle seine Blockaden selbst lösen, schließlich verfüge er als Schamane über Selbstheilungskräfte. Ihr Zynismus schmerzte ihn. Sie war nicht mehr zugänglich. Sie beharrte darauf, die einfache Physiotherapeutin und Osteopathin zu bleiben, während er ständig neue und andere Formen der Entspannung und Suggestion erfand und anwendete, Programmierungen und Konditionierungen zur Persönlichkeitsentwicklung und Leistungssteigerung. Hauptsächlich für Manager und höhere Angestellte. Karl wollte ein Institut im großen Rahmen betreiben und hatte dazu Räume auf der Königsallee angemietet. Er wollte sich auf moderne Unternehmensberatung konzentrieren. Sein Training nannte er nicht mehr Schamanismus, da dieser Begriff in solchen Kreisen kritisch betrachtet und als Scharlatanerie bezeichnet wurde.

Das Geld für die geplante Unternehmung hatte Karl durch seine Beteiligungen als Business Angel erworben. Die Institutsräume lagen zwar am oberen Ende der Kö, also auf dem ruhigen Teil, nicht auf der Flaniermeile am Kö-Graben, aber die Adresse machte Eindruck. Und sie war in der Nähe des exklusiven Bürohochhauses, in dem mehrere große Wirtschaftsprüfungsunternehmen und Anwaltskanzleien untergebracht waren. So würden viele Angestellte in der Mittagspause zu einem Power- oder Turbo-Training zu ihm kommen können, nachdem sie ihre vegane Mahlzeit in einem der zahlreichen Schnellrestaurants in den umliegenden Einkaufs-Galerien zu sich genommen hatten. Aber damit nicht genug. Er hatte auch schon Kontakte nach Hamburg, Berlin und München geknüpft, um dort Filialen zu eröffnen, die nach seinem Konzept arbeiten sollten.

Britta wollte keinen Anteil an diesem Leben haben. Karl war wieder auf sich allein gestellt. Er spürte, wie sich der Boden unter seinen Füßen auflöste. Er fühlte sich frei schwebend ohne Erdung, hatte die Verbindung zu sich selbst verloren. Es war, als schwebe er über der Stadt, während unter ihm alles zerfiel, was bisher Bestand gehabt hatte. Zugleich rückten die Häuser näher zusammen, gleichsam dichter an ihn heran. Es gab kaum noch Fluchtpunkte, in die sich der Blick verlieren konnte, keine Weite. Wohin er auch schaute, wurden die Sinneswahrnehmungen begrenzt durch neu errichtete mächtige Gebäude, Hochhäuser und Stahlkonstruktionen, welche eine gedrungene Enge erzeugten, die die offene Weite schmälerten, das Bedürfnis nach Freiheit einschränkten.

Dies wurde Karl bewusst, als er mit Max, seinem Geschäftspartner, in dem asiatischen Restaurant in der Nähe des Kö-Bogens saß, einem erdrückenden Gebilde aus geschwungenen, überhängenden und auf ihn eindrängenden Fassaden. Düsseldorf war eine Stadt der engen Straßen, die Prachtalleen den Rhein entlang, die Napoleon einst angelegt hatte, waren verschwunden, der ehemals weitläufige Hofgarten geschrumpft, zubetoniert, mit Steinen bepflastert und mit kleinen mickrigen Bäumchen bepflanzt, die gestützt werden mussten, weil sie nicht genügend eigene Kraft besaßen, sich in der Erde zu verwurzeln.

Düsseldorf war keine Weltstadt, auch wenn die, die diese Stadt verwalteten, es ständig behaupteten. Dazu fehlte dem *Schreibtisch des Ruhrgebiets* die selbstverständliche Gelassenheit des alten Geldadels. Auch gab es keine herrschaftlichen Bauten, die eine beeindruckende Geschichte hätten erzählen können, so wie in den großzügig angelegten Metropolen Hamburg, Berlin oder München, den wahren Weltstädten. Düsseldorf war mehr Schein als Sein. Es blendete. Dahinter verbarg sich eine provinzielle Engstirnigkeit, die vor

allem die vielen Touristen, Messebesucher und Zuge-
zogenen aus den vorgelagerten Kleinstädten anzog.
Möchtegerns und Blender, Groß-Habenichtse.

Die Königsallee, einst ein Prachtboulevard, auf dem
die Neureichen stolzierten, sich zur Schau stellten und
das niedere Fußvolk vor den verschlossenen Türen von
Gucci, Armani und Dior stehen ließen, war heruntergekommen zu einer Protz- und Billigmeile, auf der die
Bekleidungsketten und Markenläden im mittleren,
wenn nicht gar niedrigen Preissegment auffielen. Viele
exklusive Juweliere und Pelzgeschäfte hatten die Gegend schon lange verlassen. Die Kö wurde mittlerweile
nur noch als Verlängerung der Altstadt angesehen, des
billigen Amüsierviertels mit seinen proletenhaften
Kneipen und Bars, die die ganze Nacht hindurch geöffnet waren, weil die Sperrstunde schon vor langer
Zeit aufgehoben worden war, und in der die Horden
von Jugendlichen von einem Amüsement zum nächsten zogen, weil sie nie genug zu feiern hatten, dabei die
engen Gassen überfluteten, den Boden mit Alkohol
und Erbrochenem tränkten und mit den Scherben ihrer
Bierflaschen pflasterten.

Angewidert rührte Karl mit den Essstäbchen in seinen Ramen-Nudeln. Vor ihm standen außerdem eine
Schüssel mit Kimchi, eingelegtem, sauer vergorenem
scharfem Weißkohl, und ein Glas Ingwer-Tee. Auch die
Mittagsmahlzeiten nahm er nicht mehr mit Britta zusammen ein. Er ging jetzt häufig in die Sushi-Bar, unten im Basement einer Einkaufsgalerie, ruhig gelegen
in einer Nische, in der man die Speisen an sich vorbei-

ziehen lassen und, nachdem man sich einen genüsslichen Eindruck verschafft hatte, selbst auswählen konnte. Dort fühlte er sich geschützt und ungestört. Aber Max wollte sich immer mit ihm in einem der asiatischen, italienischen oder indischen Restaurants, seit Neuestem auch in Burger-Lokalen treffen, die inmitten des geschäftigen Treibens entlang der Kö gelegen waren. Er wollte gesehen werden. Die Sushi-Bar hingegen war unterirdisch. Dort saß man nur und aß.

Karl hörte Max' ausufernden Reden über Anlageprojekte nicht wirklich zu. Seine Gedanken schweiften immer wieder ab. Aus dem Fenster des Restaurants blickte er direkt in das offen stehende Maul der Baustelle am Jan-Wellem-Platz. Der Verkehr wurde umgeleitet um die aufgerissene Wunde inmitten der Innenstadt. Das Wahrzeichen, der Tausendfüßler, die Hochstraße, die am Drei-Scheiben-Hochhaus und dem rundgeschwungenen weißen Theatergebäude am Hofgarten vorbeiführte, war verschwunden. Abgerissen. Niedergezwungen. Übrig geblieben war ein klaffendes Endstück aus Beton, Bauschutt, Geröll und dem Betrachter entgegen gestreckten, gleichsam nach ihm greifenden Metallstreben. Dahinter eine unermesslich große Abräumfläche und eine riesige Baugrube, gefüllt mit Grundwasser. Ein Hohlraum hatte sich unter der Abdeckung gebildet, Teile der anliegenden Gebäude drohten abzusacken. Die Wände der Grube waren abgestützt mit Spundwänden und Seitenstreben.

Die Straßenbahnen durchquerten das Baugelände, mussten sich durch dieses Nadelöhr schlängeln, das man schon nicht mehr als Baustelle bezeichnen konnte, so zerrissen, chaotisch und ungeplant wirkte der Platz. Die Züge stauten sich, kamen nicht voran. Die gesamte Infrastruktur in der City wirkte zerstört.

Karl sehnte sich nach Weite. Er vermisste den freien Blick auf den Weltenbaum. Er wollte den Weg der Verlangsamung beschreiten. Und konnte die Abzweigung dorthin nicht finden. Er fand keinen Zugang mehr zu seinen Heilkräften, die ihm dazu verhelfen sollten, wieder in Verbindung zu sich selbst zu treten, seine Mitte wiederzufinden. Er wollte den Prozess fortsetzen, den er so erfolgreich eingeleitet hatte, als er begann sich mit dem Schamanismus zu beschäftigen.

Er war sogar nach Österreich gereist, um den Weltenbaum, den Kraft spendenden Lebensbaum aufzusuchen, eine Stätte, die ihn wieder mit Energie versorgen würde. Der *Baum mitten in der Welt* befand sich am Nullpunkt der Landvermessung, auf dem höchsten Punkt des Gusterbergs in Oberösterreich. Karl erwartete eine jahrhundertealte, riesige Linde, die im Zentrum der Welt, im Mittelpunkt der Schöpfung stand. Aber als er den nur knapp 500 Meter hohen Berg im Voralpengebiet erklommen hatte und von dort weit über die Alpen bis Berchtesgaden und zur böhmischen Grenze hin schauen konnte, fand er den *Baum mitten in der Welt* nicht mehr vor. Er war nach einem Blitzschlag gefällt worden und man hatte ihn durch eine schmächtigere, kleinere Variante ersetzt.

Seither war Karl auf der erneuten, zwanghaften Suche nach dem Lebensbaum und nach dem Einklang mit der kosmischen Harmonie.

Hätte Karl seinem Nachbarn Paul von seinem Wunsch erzählt, den Lebensbaum zu suchen, so hätte Paul ihm ohne Weiteres helfen können. Paul kannte den Lebensbaum, auch wenn er ihn nicht so nannte. Er befand sich im Südpark, in dem alten Teil des ehemaligen Volksgartens, einer 1893, im selben Jahr wie der Lindenpark, errichteten naturnahen Parkanlage, die während der Expansionsphase in Düsseldorf für die gesamte Bevölkerung angelegt worden war, um das Ansehen der Stadt aufzuwerten. Auf der ersten Liegewiese, die man umrundete, nachdem man den Park durch den Nordeingang, an der Uhreninstallation *Zeitfeld* vorbeigehend, betreten hatte, stand der Baum. Majestätisch, scheinbar unbeweglich, in der Zeit verharrt. Rot-leuchtend, ins Grüne changierend. Ein schützendes Dach über den Untergrund ausbreitend. Die Krone weit gewölbt, geschwungen zu einer perfekten ovalen, fast glockenförmigen Haube, Himmel und Erde verbindend, fest verwurzelt im Boden, der Stamm zusammengewachsen aus mehreren Abzweigungen, die sich über die Jahrzehnte verdickt und zusammengefügt hatten zu einer einzigen geschlossenen Achse, die fünf einander an den Händen haltenden Menschen bedurfte, damit sie sie in einem Kreis stehend umfassen konnten.

Diese uralte Rotbuche, die die Entstehung des Volksgartens miterlebt hatte, war ein Lebensbaum. Ihre

Wurzeln reichten tief in die Erde und ihre Wipfel berührten den Himmel, trugen ihn. Sie verband die drei Ebenen Obere, Mittlere und Untere Welt. Sie war standhaft geblieben, als der Sturm Ela über das Ruhrgebiet gezogen war und auch die Landeshauptstadt am Rhein getroffen hatte. Viele tausend Bäume waren umgestürzt, gefällt, zerbrochen, gespalten, entwurzelt, ganze Parklandschaften und Wälder verwüstet worden. Aber die Rotbuche ließ nur Blätter und Zweige wirbeln, losen Reisig, der sich löste, Äste und Wurzelwerk aber behielt sie bei sich.

Karl würde diese Rotbuche nie sehen. Da er diesen Park nie betrat. Da er sich nur im Inneren der Stadt aufhielt, nie in die Außenbezirke gelangte. Nie in der wirklichen Welt die Natur aufsuchte, keinen Kraftort hatte, den er tagtäglich betreten konnte. Und weil er für seine Seelenreisen niemals die Verbindung zwischen der realen Welt und der nicht-alltäglichen Wirklichkeit über den Lebensbaum beschritt. Der urschamanische Gedanke war ihm fremd, den Weltenbaum als Sinnbild für das Absteigen in die Untere Welt und das Aufsteigen in die Obere Welt zu verwenden, um in die anderen Ebenen der Wahrnehmung zu gelangen, damit er dort Angelegenheiten der Menschen besorgen konnte. Er betrachtete den Baum nur als Kraft spendenden Quell. Als Auftankstelle für verloren gegangene Energien.

»Hast du schon einen Namen für dein Unternehmen?«, fragte Max. Er hatte offensichtlich aufgehört, über seine eigenen Start-Up-Projekte zu reden und hatte sich nun erwartungsvoll an Karl gewendet.

»Lebensbaum«, antwortete Karl, in Gedanken noch bei der Baustelle und der veränderten Stadt.

Max schaute ihn verständnislos an: »Der Begriff *Institut* sollte meiner Meinung nach unbedingt mit in den Namen. Er vermittelt den Eindruck von Seriosität und Wissenschaftlichkeit. Du solltest alles vermeiden, was esoterisch klingt.«

Karl warf die Essstäbchen hin, schob die Schüssel von sich weg und antwortete gereizt: »Das ist doch unerheblich. Es geht um Entschleunigung, verstehst du? Abschalten, innehalten, aussteigen aus dem Leistungstrott.«

Er winkte nach der Kellnerin und bestellte einen Espresso, den sie erstaunlicherweise in dem asiatischen Restaurant anboten.

»Die Details kannst dir noch überlegen«, lenkte Max ein. »Eine andere Frage ist, wer wird die Niederlassungen übernehmen?«

Karl nahm die Tasse Espresso entgegen, die ihm gebracht wurde, und kippte braunen Zucker hinein.

»Ich werde in den anderen Städten Seminare geben und die Personen, die die Nebenstellen leiten sollen, selbst schulen.«

»Also eine Art Tutoren-System. Dann kannst du dein Wissen direkt an deine Schüler weitergeben. Genial.« Max war begeistert und verfiel sofort in ein Brainstorming. »Lass die Filialen als Franchise betreiben, so kannst du gewährleisten, dass die Leute dein Konzept einhalten.«

Karl schüttelte den Kopf und kippte den starken Kaffee in einem Schluck hinunter.

»Ich möchte die Leute nicht nur selbst ausbilden, sondern auch ihre Tätigkeit überwachen, damit sie meine Standards einhalten. Sie sollen eine Art Geschäftsführer oder Filialleiter sein.« Er setzte das Wort *Filial* mit Zeige- und Mittelfinger der in die Luft erhobenen Hände in Anführungszeichen.

Max fuhr sich mit der Hand durch das asymmetrisch geschnittene Haupthaar. »Puh, da wird eine Menge zusätzliche Arbeit auf dich zukommen, wenn du dich auch um die Qualitätssicherung kümmern willst.«

Karl nickte, den Blick seiner dunklen Augen nach innen gerichtet. »Ich werde eine Zeitlang in Hamburg, Berlin und München leben beziehungsweise pendeln und mich kaum noch in Düsseldorf aufhalten.« Er winkte erneut nach der Kellnerin und signalisierte, dass er zahlen wollte. »Aber das ist auch gut so«, fuhr er mit einer allumfassenden Geste in Richtung Kö-Bogen und Großbaustelle fort. »Dies ist nicht mehr meine Stadt, nicht mehr die Welt, in der ich mich wohl fühle.«

Max blähte empört die Wangen auf: »Ich finde Düsseldorf toll! Diese Stadt hat so viel Raum für neue Ideen. So viele Menschen sind begeistert und immer mehr wollen hierherziehen.«

Karl stand auf und blickte auf seinen Geschäftspartner hinab, die rechte Augenbraue zynisch hochgezogen und den Mundwinkel angehoben. »Du bist nicht hier geboren, mein Lieber, sonst würdest du den Unterschied erkennen.«

»Du willst die Seminarräume kündigen?« Gilla stand neben ihm im Erdgeschoss und strich sich über ihren frisch frisierten kinnlangen Bob. Ihm fiel auf, dass sie ihre rotblonden Haarsträhnen, die nie zu bändigen gewesen waren, gegen eine aufgefrischte, schwungvolle Frisur eingetauscht hatte. Überhaupt wirkte Gilla nicht mehr so unruhig und aufgedreht wie noch im Winter, als er hier eingezogen war. Stattdessen strahlte sie eine reife Gelassenheit aus.

Er war zu ihr hinauf in die erste Etage gestiegen und wollte ganz geschäftsmäßig klären, wie sie das Mietverhältnis einvernehmlich beenden könnten, als er aus ihrer Wohnung heraus jemanden singen hörte. Eine hohe männliche Stimme. Eine Opernstimme, aber so viel höher und sinnlicher als ein Tenor. Er lauschte eine Weile, den Daumen, mit dem er die Klingel bedienen wollte, an die Wand gedrückt, den Kopf seitlich gelegt, Stirn und Wange beinahe den Glaseinsatz der Türe berührend. Die helle Sopranstimme, nämlich um einen Sopran musste es sich handeln, jedenfalls kannte er die Bezeichnung für eine solch hoch tönende männliche Singstimme nicht, erklang in italienischer Sprache. Er fühlte sich in seinem Innersten angerührt, wollte den Sinn dieser Worte erfassen. Er klingelte. In der Wohnung wurde die Lautstärke der Musik leiser geregelt, dann stand Gilla in der Tür.

»Ich würde das gerne weiter hören. Kannst du es bitte wieder lauter stellen?«

»Andreas Scholl in der Rolle des *Xerxes*«, erklärte sie. »Er ist ein Countertenor. Vielleicht der beste und heldenhafteste, den es gibt.«

»*Ombra mai fù di vegetabile, cara ed amabile soave più.*« Sie führte ihn ins Wohnzimmer und hob die Lautstärke wieder an. »Nie war der Schatten einer Pflanze, lieblich und angenehm, süßer. Er singt ein Liebeslied an einen Baum.«

Sie hörten einer Weile der Musik zu, ohne etwas zu sagen. Dann fuhr Gilla fort: »Ich habe *Xerxes* in der Oper gesehen. *Ombra mai fù* ist eine Rückbesinnung an die Zeit, als der Baum das Symbol für das Paradies war, als alles noch heil und ganz war.«

»Der Lebensbaum«, flüsterte Karl. Er hatte ihn gefunden. Er räusperte sich. Geschäftsmäßig konnte er nicht mehr klingen. Er war verlegen, fühlte sich schuldig, dass er Gilla mitteilen musste, dass er das Grüne Haus verlassen würde. Sie hatte die Musik ausgestellt und war mit ihm hinunter ins Erdgeschoss gegangen.

Sie blickte sich in dem Gruppenraum um, in dem Karl seine schamanischen Reisen abgehalten hatte und in dem sich nur noch einige Utensilien befanden. Bisher hatte er noch keine Gelegenheit gehabt, die Ritualgegenstände in sein neues Institut an der Kö mitzunehmen. Ehrlich gesagt, wusste er nicht einmal, ob er dort noch Verwendung für Steine, Kristalle und Heilpflanzen, Rasseln und Räucherwerk finden würde.

»Mir hat so gut gefallen, was du gemacht hast, wie du die Workshops geleitet hast. Weißt du noch, die erste schamanische Reise hier mit Sylvia?« Gilla schien verwirrt, sie suchte nach einem Anhaltspunkt im Raum, einem Gegenstand mit Wiedererkennungseffekt, an dem sie sich festhalten konnte. »Wo wirst du leben? Das Erdgeschoss war doch ideal zum Arbeiten und Wohnen. Ich kann die Räume nicht getrennt voneinander vermieten.«

Karl hob gleichgültig die Schultern, während er dazu übergegangen war, die letzten Habseligkeiten in einen Umzugskarton zu packen. Er hatte sich bereits damit abgefunden, dass er vorläufig ohne festen Wohnsitz sein würde, bevor er sich endgültig wieder irgendwo niederließ.

»Karl, so geht das nicht. Du brauchst zumindest einen Ort, an dem du dich aufhalten kannst, wenn du in der Stadt bist. Du musst einen Standort haben.«

Er zuckte zusammen und hielt überrascht inne, in der rechten Hand seine alte Kürbisrassel mit den Falkenfedern und in der linken Hand einen schwarzen Stoffbeutel aus Samt, in dem er gerade den großen Bergkristall verstauen wollte. Einen Standort. Gilla hatte genau das richtige Wort getroffen. Sie hatte den Begriff ausgesprochen, nach dem er die ganze Zeit gesucht hatte. Er hatte seine Seminarräume aufgegeben, er war dabei, ein neues Institut zu gründen und sich auszuweiten, aber er benötigte einen Ausgangspunkt für seine Aktivitäten. Ein feststehender, bestimmter Ort würde ihm Halt geben.

Gilla drehte sich ihm zu und hielt seinen Blick mit ihren grünen Augen fest: »Nachdem du die Reinigungszeremonie durchgeführt hast, darfst du nicht einfach so gehen. Ein Teil von dir ist jetzt im Grünen Haus verhaftet.«

Karl ließ die Hände sinken und legte die Gegenstände wieder zurück auf den Fußboden in der Mitte des Raums, dort wo sich die Ritualstätte befunden hatte.

Gilla strich sich erneut über ihre Frisur. Anscheinend hatte sie sich noch nicht daran gewöhnt, dass es keine lose herabhängenden Haarsträhnen mehr gab, an denen sie herum zupfen konnte.

»Florian sucht nach einem Gewerberaum«, warf sie beiläufig ein. »Er möchte sich als Fotograf selbstständig machen und ein Studio einrichten.« Sie drehte sich um sich selbst, so als wolle sie die Ausmaße des Raumes noch einmal in sich aufnehmen. »Außerdem hätte er hier mehr Möglichkeiten sich zu entfalten.«

Karl richtete sich auf, so dass er in seiner vollen aufrechten Größe dastand. »Ein Tausch?«

Gilla nickte und ihre Augen blitzten. »Du ziehst in das Dachgeschoss und hast einen Standort, wenn du in der Stadt bist. Florian bekommt das Erdgeschoss zum Arbeiten und Wohnen. Es wäre ideal. Meinst du nicht auch?«

Ein schiefes Grinsen breitete sich über Karls Gesicht aus und schob die Falten der wütenden Anspannung von seiner Stirn.

»So machen wir es, Gilla.«

Gilla hielt ihm die ausgestreckte rechte Hand zum Zuschlag hin: »Beschlossen?«

Karl schlug ein: »Und besiegelt.«